Gerda Greschke-Begemann

Waldemar
Kein Nazi – Kein Held –
Kein Ruhm

Hundert Jahre kleiner Mann in Deutschland

(1918 bis 2018)

Bibliografische Information der Deutschen Nationalbibliothek: Die Deutsche Nationalbibliothek verzeichnet diese Publikation in der Deutschen Nationalbibliografie; detaillierte bibliografische Daten sind im Internet über dnb.dnb.de abrufbar.

Covergestaltung: TomJay - bookcover4everyone / www.tomjay.de

Lektorat: Angela Hochwimmer

Herstellung und Verlag: BoD – Books on Demand, Norderstedt.

ISBN: 9783752892703

Inhalt

„Ich hab nichts zu sagen. Menschen, die nichts zu sagen haben,

haben bis ans Ende ihres Lebens etwas zu schreiben."

(Peter Handke 2018)

Für meinen vorsichtigen Vater, dessen Motto war:

Mal sehen, was der Tag bringt

Bauernjunge in Masuren

Als sie noch neu waren in diesem Landstrich mit den vielen Seen und der Vater noch ein wenig laufen konnte, hatte der achtjährige Waldemar seinen Papa auf einen Spaziergang in den Herbstabend begleitet. Sie waren aus dem Dorf herausgewandert bis vor das große Moor. Schweigend standen sie nebeneinander und schauten in die zunehmende Dämmerung, die über dem weiten Land lag. Der Vater stützte sich schwer auf seinen Stock.
„Du wirst dich eingewöhnen und das Land lieben lernen", begann er, „dies ist Mamas Heimat."
Waldemar schwieg.

Unterwegs hatte er dem Vater gestanden, wie sehr er seine Freunde aus der alten Schule im heimatlichen Westfalen vermisste und die kleine Stadt, in der die Verwandten ihre Läden und Werkstätten hatten. Sogar die Cousine, von der behauptet wurde, sie hätte heimlich in den Trinkbecher uriniert, der am Schulbrunnen angekettet war, fehlte ihm jetzt. Er kniff die Augen zusammen, versuchte, die Tränen wegzudrücken.
„Hier reden die anderen in der Pause immer polnisch und ich kann das nicht verstehen", klagte er.
Der Vater seufzte schuldbewusst. Er hatte seiner Anna nicht erlaubt, zuhause polnisch zu sprechen, aus Sorge, dass die Kinder sonst kein ordentliches Deutsch lernten.
„Es wird besser werden, glaub mir. Beobachte die anderen und lerne."
Gerne hätte der Vater dem Sohn über den Kopf gestrichen, aber sein gelähmter rechter Arm erlaubte das nicht.

Vor einiger Zeit war ein kleiner Eimer mit Würstchen von der westfälischen Verwandtschaft geschickt worden und Waldemars Vater sah noch das Bild vor sich, wie sein ältester Junge sogar das Würstchenwasser sehnsüchtig ausgetrunken hatte, um den Geschmack der Heimat bis zum letzten Tropfen zu kosten. Wann würde der Sohn wohl sein Heimweh überwinden?

„Papa, was ist das? Kannst du das auch sehen?"
Waldemar hatte plötzlich seinen Kummer vergessen und zeigte aufgeregt ins Moor. Vereinzelte bläuliche Lichter schimmerten dort unregelmäßig auf.
„Deine Mutter sagt, das wären Irrlichter …"
„Was sind Irrlichter? Warum sind die da?"
„Hier sind viele Leute abergläubisch. Sie glauben, dass diese Lichter die unerlösten Seelen böser Menschen sind, die herumirren müssen. Aber ich denke, es ist eine Naturerscheinung, die manchmal auf Mooren und Sümpfen zu sehen ist. Es hat mit Sumpfgasen zu tun."
Genauer erklären konnte der Vater es ihm nicht, und so sehr Waldemar auch weiter auf das Moor starrte, die schwachen blauen Lichter waren schon bald verschwunden.

In diesem Land war der Glaube an Übernatürliches weit verbreitet unter den Menschen. Manches Mal begleitete Waldemar seinen Vater, wenn dieser von einem Nachbarn gebeten worden war, doch mal „einen Blick" auf das Vieh zu werfen. Ferdinand, Waldemars Vater, wollte nicht unfreundlich zu den neuen Nachbarn sein und kam deren Wünschen nach, die Tiere in den Ställen wohlwollend zu begutachten. Nach einiger Zeit verriet Waldemars Mutter ihrem Ferdinand stolz, dass die Leute glaubten, er habe den „guten Blick". Wenn er die Tiere beschaute, würde kränkelndes Vieh wieder gesund, und insbesondere würde sein Besuch den „bösen Blick" einer in Verruf stehenden Person aufheben, die zuvor im Stall gewesen war.

Dieser Aberglaube machte aus Ferdinand einen gern gesehenen Gast. Von Waldemars Mutter hingegen glaubten die Nachbarinnen, dass sie Übersinnliches erspüren und in die Zukunft schauen könne. Mutter Anna schien dieses Ansehen in der Nachbarschaft zu genießen. Durch ihre zahlreichen Besucher war sie immer gut über alles im Dorf informiert. Sie war es auch, zu der Wilhelmine an einem nebligen Herbstabend gerannt kam und völlig aufgelöst von einer übernatürlichen Erscheinung auf dem Wasser berichtete.

„Ein Geist sitzt auf dem See, Anna, du musst kommen und sagen, ob er Unheil bringt oder ob es Jesus selber ist", keuchte sie, „er hat Menschengestalt, aber er sitzt direkt auf dem Wasser!"
Aufgeregt rannten beide zum See und sahen gerade noch, wie der alte Paul aus dem Schilf heraufkam und sich in Richtung des großen Moores entfernte, wo er auf einem armseligen Hof hauste.

Die Erscheinung klärte sich bald auf. Die Fischereirechte des Sees gehörten zum großen Gut am anderen Seeufer, aber Paul kümmerte sich nicht darum, sondern wilderte immer wieder. Schon zum zweiten Mal hatte die Obrigkeit sein Boot beschlagnahmt. In seiner Not hatte Paul nun einen Futtertrog zum See getragen und sich vorsichtig hineingesetzt, um irgendwie doch angeln zu können. Unter seinem Gewicht sank der Trog fast auf die Höhe der Wasserkante. Die Silhouette, die Wilhelmine sah, hatte sie sich nur so erklären können, dass ein sitzender Geist auf dem Wasser schwebte.

Schon seit dem Umzug hierher begegnete Waldemar den eigenartigsten abergläubischen Bräuchen.
„Warum liegen immer solche Federn dort an der Straßenecke?", fragte er seinen Vater einmal.
Ferdinand schüttelte unwirsch den Kopf.
„Das ist wieder so ein Aberglaube hier, an bestimmten Stellen jeder Kreuzung findest du so etwas. Alte Frauen legen die Federn dort hin, ich kenne die Regeln dafür nicht."
Als unheimlich und sehr grausam empfand Waldemar die Eulen, die von den Nachbarn an Stalltüren genagelt wurden, um Hexen und böse Geister abzuwehren.

1931 war die Erweiterung des elterlichen Hofes so weit fortgeschritten, dass der neue Stall draußen auf dem zugekauften Land schon fertig gebaut war. An einem Silvesterabend musste Waldemar dort das Vieh füttern, stellte aber fest, dass der vorhandene Häcksel nicht mehr ausreichte. Draußen war es eisig kalt, der Schnee lag hoch und die Dämmerung wandelte sich schon zu Dunkelheit. Er hatte wenig Lust, die Strecke noch zweimal zu laufen, um eine Ladung Futter von zuhause aus dem Dorf zu holen. Also fragte er beim Nachbarn auf der anderen Straßenseite, ob er sich bis morgen früh etwas Häcksel ausleihen könnte. Der gute Mann wand sich fast unter der Bitte des Dreizehnjährigen, trotzdem versagte er ihm den Wunsch mit deutlichem Bedauern. Angestrengt erklärte er dem verblüfften Jungen, dass er ihm jederzeit gerne etwas ausleihen würde – nur am Silvestertag sei dies einfach unmöglich.

„Ich kann das nicht tun, Waldemar. Wer Silvester etwas verleiht, der gibt sein ganzes Glück für das neue Jahr aus dem Haus."

Die Nacht zur Wintersonnenwende Ende Dezember galt als die Zeit, in der böse Geister ihr Unwesen trieben. Dies nutzte die Dorfjugend als gute Gelegenheit, den Nachbarn Streiche zu spielen. Immer vorne dabei waren die rothaarigen Zwillinge der kinderreichen Familie Z., im Dorf als „die Füchse" bekannt. Als Waldemar sich am Morgen nach dem Winteranfang damit abquälte, den Herd anzumachen und sich sehr ärgerte, weil es an diesem Tag einfach nicht durch den Schornstein ziehen wollte, bemerkte er die feixenden Gesichter der Füchse am Küchenfenster. Jetzt wusste er, was die Ursache für den fehlenden Zug war und die Fußstapfen im hohen Schnee auf dem Dach bestätigten es: Die Füchse hatten von oben den Schornstein mit Stroh verstopft. Wütend musste nun auch Waldemar in die Kälte hinaus und auf das Dach klettern, um die Strohbüschel zu entfernen.

Er sann auf Rache. Ausgerechnet die Zwillinge hatten ihn gefoppt, die Söhne jener Familie, die noch nicht einmal einen eigenen Brunnen besaß und ihr Trinkwasser immer aus dem kleinen Teich holte, der Waldemars Eltern gehörte. Gegen Abend ging Waldemar hinüber zum Wasserloch im Eis und verrichtete sein großes Geschäft genau in dieses Loch. Er fand, das hätten die Füchse verdient.

Vater Ferdinand hatte eine sehr viel pragmatischere, gleichwohl elegante Art gefunden, mit solchen Ärgernissen umzugehen. Bevor das Wohnhaus draußen an der Landstraße fertig war, wurde regelmäßig Futter aus der neuen Scheune gestohlen. Ferdinand besuchte kurzerhand den Bauern des kleinen Gehöfts gegenüber, das gut 200 Meter von der Straße entfernt lag.

„Jakub, drüben bei uns stiehlt dauernd jemand das Viehfutter. Könntest du nicht mal darauf achten? Dafür kannst du dir auch selber ein bisschen Schrot oder Häcksel nehmen!"

Seitdem hielt sich der zusätzliche Futterverbrauch im erträglichen Rahmen.

Selbst der Unterricht in der Dorfschule in Mensgut hatte seine eigenen Regeln, insbesondere im Sommer. Lehrer Bocziak kam jeden Morgen mit Wickelgamaschen an den Beinen in den Schulraum gestürzt und teilte ein, welches älter Kind ein jeweils jüngeres zu unterrichten hatte.

„Benehmt euch anständig und haltet bloß Ruhe. Gertrud, du bist mir für die

Bagage verantwortlich!", schärfte er der Ältesten noch ein, bevor er hinausstiefelte, um die Arbeit auf den 60 Morgen Land zu überwachen, die zum Schulhaus gehörten.

Mit der Zeit lernte Waldemar die masurisch-polnische Sprache zu verstehen und fand Freunde in der Schule und der Nachbarschaft. Fast alle im Dorf waren Protestanten, schon die wenigen Katholiken wurden misstrauisch angesehen, aber zu den „Neuapostolischen" zu gehören, wie Waldemars Familie, war besonders schwer. Als sie noch auf dem kleinen Hof in Szepanken wohnten, traf sich die Gemeinde (s.u.) in der guten Stube der Familie zu ihren Gottesdiensten.

Waldemar hatte gelernt, Kirchenlieder auf dem Harmonium zu spielen und begleitete den Gesang.

Trotz seines Glaubens gelang es Waldemar, von den anderen Jungen akzeptiert zu werden. Er war stark und groß gewachsen, nur selten riskierte ein anderer Junge, sich mit ihm körperlich anzulegen. Waldemar stand im Ruf, sich ordentlich zu wehren und nichts einzustecken.

Aber wenn es darum ging, dass ein Huhn oder Schwein geschlachtet werden musste, machte Waldemar sich aus dem Staub; seine Hemmung zu töten konnte er nicht überwinden. Eines Tages kam sein bester Freund Willi Chittka mit einem Luftgewehr an.
„Wollen wir Krähen schießen?"
„Die sind doch viel zu schlau, die triffst du nie!", war Waldemar überzeugt.

Tatsächlich beeindruckte Willis Schuss die Krähen nur für kurze Zeit, dann saßen drei der schwarzen Vögel schon wieder im kahlen Apfelbaum.

„Da, mach's besser!", forderte Willi.

Waldemar zielte und drückte ab. Zu seinem Entsetzen fiel der anvisierte Vogel tot vom Baum. Lange verfolgte ihn das Bild seiner Untat, vergessen konnte er es nie. Dass er aus schierem Übermut getötet hatte, belastete sein Gewissen lange.

Als Hobby hielt Waldemar sich einige Kaninchen. Aber selbst wenn er sie schon mal blau anmalte, um die Leute zu verblüffen – schlachten konnte er sie nicht.

An einem Wochenende waren die Eltern zu Besuchen bei der Verwandtschaft unterwegs und er musste mit Bruder Fritz den Hof versorgen. Am Samstagmittag wurde er durch aufgeregtes Rufen des Bruders unsanft aus seiner Lektüre gerissen.

„Waldemar, komm schnell! Wolf hat den Truthahn gerissen!"

Der dumme, aggressive Puter hatte sich mit dem Wachhund draußen angelegt. Er blutete stark aus dem Bauch, hatte einen Flügel und einen Fuß gebrochen, aber er lebte noch. Waldemar fluchte und beschimpfte den Bruder, nicht besser aufgepasst zu haben, obwohl er genau wusste, dass der keine Schuld an dem Vorfall hatte. Er selber, Waldemar, hätte doch aufpassen sollen, aber stattdessen über einem Buch alles andere um sich herum vergessen. Was sollte er jetzt tun? Einfach verrecken lassen konnte er den Truthahn nicht, das hätte schon wegen des vergeudeten Fleisches Ärger mit den Eltern gegeben.

„Fritz, wir müssen den Hahn jetzt schlachten", entschied er, „ich halte den Hals auf den Hackklotz und du schlägst mit der Axt zu!"

Fritz protestierte und bestand darauf, es umgekehrt zu machen. Das arme Tier starb qualvoll. Im Nachhinein war nicht mehr festzustellen, ob der Puter sich verständlicherweise wehrte, oder ob Fritz, wie Waldemar es behauptete, das Tier im entscheidenden Moment immer wieder zurückzog, oder ob nicht doch Waldemar mehrmals daneben hieb, weil er die Augen bei dem todbringenden Tun fest geschlossen hielt.

Etwas ganz anderes war es, die Kuh Suse zum Bullen zu bringen, selbst wenn Waldemar sich jedes Mal dabei blamierte.

Sobald ihr das Führ-Halfter angelegt wurde, wusste Suse, wohin es ging und hatte es so eilig, dass Waldemar ihren Strick nicht mehr halten konnte. Auf der Bullenstation kannte man die leidenschaftliche Suse bereits und Waldemar wurde dort mit dem Zuruf empfangen: „Eure Kuh ist schon fertig, du kannst sie gleich mitnehmen!" Beim geruhsamen Rückweg konnten Kuh und Knabe entspannt trödeln.

Im Frühjahr 1932 wurde Waldemar aus der Schule entlassen, zwar mit dem besten Zeugnis seines Jahrganges, doch auch damit fiel er wieder auf und zog den Neid der anderen auf sich, er, der „Westfallek", wie sie ihn immer noch nannten. Inzwischen war es sechs Jahre her, dass die Eltern mit ihm und dem jüngeren Bruder hierher nach Ostpreußen gesiedelt waren.

Seine Mutter hatte unter der hochnäsigen Verwandtschaft des Vaters im nördlichen Westfalen nicht heimisch werden können. „Die polnische Anna" war sie abfällig von den Leuten dort genannt worden.

Waldemars Vater Ferdinand hatte sich im Weltkrieg in sie verliebt, als Anna ihn im Lazarett nahe der Grenze zu Russland nach seiner schweren Verletzung und den Erfrierungen gepflegt hatte. Als kriegsuntauglich Versehrter kehrte er schon Ende 1917 mit seiner Verlobten heim. Ihn hatte es nicht gestört, dass Anna besser polnisch als deutsch sprechen konnte.

Die beiden heirateten und im Sommer vor dem Ende des ersten Weltkrieges wurde Waldemar geboren. Es folgte ein schlimmer Hungerwinter. Die bald darauf einsetzende rasante Inflation der Nachkriegsjahre vernichtete die Ersparnisse der Familie, während Grundbesitzer ungeschoren davonkamen.

Waldemars Vater wollte nicht noch einmal so existenziell abhängig sein von politischen Entscheidungen, also sparte er aufs Neue von seinem ordentlichen Gehalt als Einkäufer für eine große Fleischfabrik. Zusätzlich ließ er sich einen Teil seiner Versehrtenrente abfinden. Seiner Frau zuliebe und mit dem Entschluss, unabhängig zu werden und niemals mehr hungern zu müssen, hatte Ferdinand schließlich in Annas masurischer Heimat einen Bauernhof und Land gekauft.

Sechs Jahre später hockte Waldemar nun in seinem neumodischen Ulster oben auf dem Grabenrand und sollte aufpassen, dass die Kühe nicht etwa vom Gras der Böschung zur frischen Saat auf den Feldern hinüberwechselten. Den modernen kurzen Mantel hatten die Eltern ihm als Belohnung für das Zeugnis geschenkt. Er sollte es warm haben bei der Arbeit in der Landwirtschaft, wenn es draußen kalt war.

Die Landarbeit hatte er als Ältester früh lernen und eigene Erfahrungen sammeln müssen. Der Vater konnte nicht körperlich arbeiten und die Mutter nicht alles allein erledigen. Beim Umpflügen des ersten Ackers hatte Waldemar noch geschwitzt und geglaubt, die Pflugschar in den Boden drücken zu müssen, um tiefer zu pflügen. Schließlich fand er heraus, dass die Pflugschar vom Pferd selbst in den Boden hineingezogen wurde, wenn er die Handgriffe leicht anhob, und bald konnte er sogar stolz auf schnurgerade gezogene Ackerfurchen sein.

Doch im Herzen verabscheute Waldemar die bäuerliche Arbeit. Besonders hasste er es, früh aufstehen zu müssen, um Kühe zu melken und das Vieh zu füttern. Er träumte von Maschinen. In seiner Phantasie hatte er das Pferdegespann für die Feldarbeit schon oft durch einen Traktor ersetzt und bei Gelegenheiten, wenn jeder andere Bauer auf dem Pferd ritt, saß Waldemar auf seinem Fahrrad und führte das Pferd am Strick neben sich her. Dem Wallach Hans gefiel das so sehr, dass er jedes Mal misstrauisch den Kopf nach hinten wandte, wenn er eingespannt wurde, um wirklich zu arbeiten oder die schlichte Kutsche zu ziehen, weil Mutter Anna zum Markt in die Kreisstadt fahren wollte. Wenn Waldemar Mist auf den Flachwagen lud, beäugte Hans prüfend die Last, bevor er sich entschied, ob er anziehen würde oder sich so lange weigerte, bis Waldemar einige Forken Mist wieder vom Wagen ablud. Liebend gern hätte Waldemar für solche Arbeiten einen Traktor ohne eigenen Willen gehabt.

Heute Morgen hatte der Postbote die neue Landwirtschaftszeitung gebracht. Wie immer hatte Waldemar alle Berichte und Annoncen verschlungen, in denen für Landmaschinen geworben oder eine technische Neuheit beschrieben wurde. Motoren und Maschinen waren seine große Leidenschaft. Er wünschte sich sehnsüchtig eine Ausbildung als Schlosser oder Mechaniker - sollte doch der jüngere Bruder Fritz sich um das Vieh kümmern.

Diesen Bruder hatte er heute mit den Gänsen hinter das Stallgebäude geschickt. Dort würde er jetzt vermutlich sitzen, umringt von den Kindern der Nachbarschaft, die an seinen Lippen hingen, um die aufregenden Geschichten zu hören, die Fritz fließend erfinden konnte. Die Gänse würden total vergessen sein und unbeachtet ihre Spuren durch das grüne Haferfeld zum kleinen See hinunter ziehen.

Abgesehen von seiner Leidenschaft fürs Lesen richteten sich Waldemars Interessen und Überlegungen stets darauf, wie die schwere landwirtschaftliche Arbeit durch Technik erleichtert werden könnte. Dabei scheute er Versuch und Irrtum keineswegs.

Heute Nachmittag sollte er mit Willi einen alten Baumstumpf aus der Wiese roden – eine äußerst mühsame Arbeit war das. Waldemars Idee war nun, sich das anstrengende Ausgraben zu sparen und stattdessen den dicken Stubben einfach zu sprengen. Onkel Ludwig, der jahrelang in der Fremdenlegion gedient hatte, musste dort auch Sprengungen durchführen und Waldemar hatte sich den Vorgang von ihm sehr genau erklären lassen. Optimistisch war er also am Vortag zum Apotheker geradelt, um reichlich Schwarzpulver und Zündschnur zu besorgen.

Der alte Stumpf war innen bereits etwas morsch. Eifrig hackten und bohrten die Jungen in der Mitte ein Loch, das tief unter das Bodenniveau reichte. Sorgfältig füllten sie reichlich Schwarzpulver hinein und legten eine sehr lange Lunte. Das Loch verstopften sie gründlich mit schwerem Lehm, den sie kräftig feststampften, danach entzündeten sie die Schnur in sicherem Abstand. Dann hockten sie sich in noch größerer Entfernung an den Wiesenrand und warteten auf die Explosion. Lange Zeit geschah gar nichts.
„Ich glaube, das funktioniert nicht. Vielleicht ist es zu feucht und die Zündschnur ist ausgegangen …"
Als sie sich vorsichtig dem Baumstumpf näherten, gab es schließlich doch einen heftigen Knall, Lehmklumpen und Grasbüschel flogen weit in alle Richtungen. Nur der Stumpf war so gut wie unversehrt geblieben, die Jungen mussten wohl oder übel zu Hacke und Spaten greifen.

Ebenso blamabel verlief Waldemars Versuch, mit dem neuen Fahrrad ein Feld zu eggen. Dieses Fahrrad hatte er sich aus Neuteilen selbst zusammengebastelt, um nicht nur den Anschaffungspreis, sondern auch die Frachtkosten bei der Bahn gering zu halten. Sein Vater ließ ihn gewähren, obwohl die Gesamtrechnung natürlich nicht günstiger war. Besitzer eines neuen Fahrrads zu sein, verschaffte Waldemar ein gewisses Image im Dorf – vielleicht war das der Grund, warum er den kleinen Bruder Kurt nicht damit fahren lassen wollte.

Kurt war jedoch so versessen darauf, mit dem Fahrrad zu fahren, dass er es bei jeder sich bietenden Gelegenheit stibitzte. Das ärgerte Waldemar so, dass er sich eine wirklich fiese Maßnahme ausdachte, um dem kleinen Bruder eine Lektion zu erteilen. Mit dem Dieselmotor auf der Tenne erzeugte er Strom und legte ein dünnes Kabel bis an das Fahrrad, das er absichtlich verführerisch an den Maschendrahtzaun des Gemüsegartens lehnte. Dann beobachtete er aus dem Küchenfenster, wie der kleine Kurt nach dem Stromschlag entsetzt zurücksprang und weinte. Für Schadenfreude hatte Waldemar keine Zeit mehr, sondern musste flüchten, weil die Mutter wütend mit einem Kochlöffel auf ihn losging.

Für Hitler kein Heil

Das alte Gehöft in Szepanken war längst zu klein geworden, der Vater hatte Land hinzugekauft und neue Stallgebäude an der Straße nach Mensgut bauen lassen. Nun würde auch das neue Wohnhaus dort bald fertig sein. Waldemar war am Abend dabei gewesen, als der Vater mit dem Baustoffhändler die letzten Lieferungen besprach. Sie saßen am Küchentisch, der rote Kater auf der Bank neben Waldemar schnurrte. In der Küche war es heiß, denn die Mutter hatte Brot im Backofen.
„Es wird jetzt schwer für uns."
Die Stimme des jüdischen Händlers klang bedrückt. Vater Ferdinand schaute den Mann lange an und nickte schweigend. Es lag eine Beklemmung im Raum, die nicht von der Hitze kam, und Waldemar spürte eine diffuse Gefahr, die er nicht einordnen konnte.

Das Wohnhaus wurde im Herbst fertig, die Ernte war eingebracht, zwei Schweine wurden geschlachtet. Obwohl Vater Ferdinands Lähmung zunahm, entwickelte er immer noch neue Pläne.

Damit im ostpreußischen Winter nicht wieder die Kämme der Hühner erfrieren sollten, musste Waldemar den Hühnerstall tiefer in die Erde legen. Ein Dieselmotor wurde angeschafft zum Häckseln und Dreschen. In seiner freien Zeit experimentierte Waldemar mit selbstgebastelten Spulen, um mit dem Motor Strom zu erzeugen. Dies gelang ihm, aber er handelte sich großen Ärger ein, als er die Klinke der Küchentür zum Hof unter Strom setzte, um die Tante und die Mutter zu erschrecken.

Harmlos dagegen waren andere phantasievolle Streiche. Seinem Onkel erzählte Waldemar, es sei ihm gelungen, blaue Kaninchen zu züchten und zeigte dem verdutzten Mann zum Beweis eines seiner ehemals weißen, jetzt mit blauer Kreide eingefärbten Tiere. Mutter Anna erschrak einmal sehr, als sie in den Stall kam, weil ihr Sohn den Ferkeln knallrote Streifen aufgemalt hatte.

Die politischen Diskussionen und den Streit im Dorf verfolgte der junge Waldemar noch nicht, aber die Eltern diskutierten zuhause jetzt immer häufiger über Politik. Als sein Vater einmal zum Abschluss seufzte: „Nur gut, dass wir noch die Sozialdemokraten haben!", prägte sich dieser Satz tief in Waldemars Gedächtnis. Seine Mutter schien nicht zu verstehen, warum der Vater so besorgt war. Bereits einige Monate später kam die NSDAP an die Macht. Hitlers Ermächtigungsgesetz brachte auch im Dorf Veränderungen. Bürgermeister Schareiner steckte zwar Hakenkreuzfähnchen aus Papier ringsum in den Zaun seines Grundstückes, doch auch das konnte seinen Posten nicht mehr retten.

Wenn der Zahnarzt des Ortes in seiner SA-Uniform mit acht anderen „Kameraden" die Hauptstraße entlang marschierte, wurde diese kleine Truppe zwar kaum ernst genommen, aber die kostenlosen Filmabende im Saal der Gastwirtschaft waren immer gut besucht. Eine neue Welt eröffnete sich der Dorfjugend auf der Leinwand vorne im Saal. Entschlossene deutsche Männer bestanden schwerste Prüfungen und meisterten jede Gefahr. Wenn sie siegreich nach Hause kamen, wurden sie von hübschen blonden Frauen begeistert empfangen.

Der alte Lehrer Bocian wurde ausgetauscht, der Neue namens Meek bestand darauf, dass nun alle Kinder in den Unterricht kamen und nicht, wie der Schüler Alfred D. bisher, das Vieh des Lehrers hüteten oder auf seinen Feldern arbeiteten.

Die kurze Aufregung im Dorf legte sich. Man arrangierte sich schnell mit der Herrschaft der Nationalsozialisten oder wagte keinen Protest mehr. Waldemars Vater lehnte die neuen Machthaber ab. Zum Glück musste er den Hitlergruß wegen seiner Lähmung nicht zeigen. Als Antwort auf diesen Gruß murmelte er bloß „Heil" und ließ das „Hitler" weg. Der Sohn wusste genau, dass des Vaters „Heil" nicht dem Machthaber, sondern dem lieben Gott galt. Viel Widerstand musste die Familie nicht leisten, die beiden jüngsten Geschwister waren noch zu klein für die Hitlerjugend und Waldemar sowie sein Bruder Fritz wurden gar nicht erst angesprochen. Sie hatten auf dem Hof zu arbeiten, waren als überzeugte Christen bekannt und besuchten sonntags die Gottesdienste ihrer kleinen Gemeinde.

Ein junger Mann aus Mensgut, der als faul galt, verschwand für einige Monate in einem Arbeitslager. Wenn er nach der Rückkehr gefragt wurde: „Heinz, erzähl doch mal, wie war es dort?", gab er nur die Antwort: „Geh doch selber hin, dann weißt du, wie es ist."
Arthur, ein Freund aus der Schulzeit, versuchte immer wieder, Waldemar zu den Parteiversammlungen der NSDAP im Saal der Dorfgastwirtschaft mitzunehmen.
„Komm doch mal mit. Da wirst du sehen, wie großartig die Partei ist und was wir noch alles schaffen werden!", schwärmte Arthur.
Ein einziges Mal ließ Waldemar sich überreden, doch das martialische Getue und Geschrei dort waren ihm zuwider.

Im Winter 1933/34 tauchte Onkel Franz auf, der Mann einer Cousine von Vater Ferdinand. Er war aus dem Lager Moringen entlassen worden und suchte hier oben in Masuren Abstand von seinen Erlebnissen. Der Vater verriet nicht, warum Onkel Franz im Lager gewesen war und Franz schüttelte nur den Kopf, wenn Waldemar ihn danach fragte.
„Nein, darüber erzähle ich nichts. Halt du lieber ebenfalls den Mund, sonst kommst du nämlich auch dahin!", war alles, was Waldemar dazu von ihm hörte.
Der Vater ermahnte seinen Sohn.
„Lass die Fragerei, Onkel Franz darf nichts davon erzählen, sonst wird er wieder eingesperrt."
Der Zigeuner, bei dem sie immer Vieh gekauft hatten, weil er ehrlich war und ordentliche Tiere anbot, erschien irgendwann nicht mehr, auch nicht der jüdische Kurzwarenhändler. Von ihm hieß es, er sei schlimm verprügelt worden.

Waldemar musste seinen Traum, Maschinenschlosser zu werden, begraben und begann eine Lehre als Zimmermann. Bald schon geriet er mit einem Gesellen, der bei der SA mitmarschierte, in einen groben Streit; es folgte eine Prügelei, die den Gesellen zwar mit blutiger Nase zu Boden streckte, aber

Waldemar weigerte sich, weiter mit dem Kerl zusammenzuarbeiten. Vater Ferdinand regelte mit Meister Klackutt, dass sein Sohn diesem Gesellen nicht mehr zugeteilt wurde.

So wie alle Hausbesitzer musste auch der Vater eine Hakenkreuzfahne anschaffen. Waldemar brachte die Halterung dafür an der Giebelwand an. Als er einige Tage später aus schierem Übermut die Fahne hineinsteckte, kam August mit dem Milchauto vorbei.
„Warum hast du die Fahne rausgehängt?"
„Ach, die soll bloß mal auslüften…"
August schimpfte. „Das ist ein Hoheitszeichen! Die Fahne wird nur auf Befehl gezeigt!"
Waldemar grinste und gelobte Besserung, denn August war ansonsten ein netter Kerl, dem er gerne mal beim Milchfahren aushalf.

Bei einer dieser gemeinsamen Fahrten hielt August außerhalb des Dorfes vor dem Tor zu einem herrschaftlichen Gebäude, das neuerdings als Parteischule diente. Jeder war froh, wenn er mit den Leuten dort nichts zu tun hatte, aber August reichte Waldemar heute ein Päckchen mit Käse und Butter.
„Lauf doch mal eben rüber und klingele, es wird jemand kommen. Dem übergibst du das hier."
Auf das Klingeln erschien ein sogenannter „Zinshahn" an der Tür, ein uniformierter Wicht, der einen Kopf kleiner war als Waldemar. Nach Waldemars unbedarftem Gruß „Guten Tag" lief das Gesicht des Kleinen vor Wut rot an. Lautstark und endlos regte er sich darüber auf, dass der junge Mann vor ihm nicht vorschriftsmäßig gegrüßt hätte. Waldemar war völlig verdattert und ärgerte sich.
„Da kannst du nächstes Mal selber hingehen, am besten mit einer Platte Eier! Ich guck' mir dann gerne an, wie du dem Kerl die Eier vor die Füße schmeißt, wenn du vorschriftsmäßig grüßt. Ich geh' jedenfalls nicht mehr!", beschwerte er sich bei August und blieb bei dieser Weigerung.

Ein besonderer Sommer

Im Sommer 1935 war das Wetter in Masuren am zehnten August strahlend sonnig. Waldemars Familie und die Landhelfer waren früh aufgestanden und  mit ihren Sensen zum Haferfeld am kleinen See marschiert. Die Körner waren reif und trocken, das Getreide musste gemäht werden. Nun bewegten sie sich in einer versetzten Reihe vorwärts, die Mutter, die Tante, die beiden Erntehelfer und Waldemar, der heute seinen siebzehnten Geburtstag feierte. Schon seit dem letzten Weihnachtsfest war er stolzer Besitzer eines Fotoapparates, heute hatte er weiteres Zubehör wie neues Abzugspapier und Chemikalien für die Entwicklung der Filme bekommen. Nachdenklich verrichtete Waldemar seine Arbeit; die Halme fielen gleichmäßig unter den Sensenstrichen, der trockene Staub trieb mit der ansteigenden Wärme des Tages hoch.

Vor einer Woche hatte der Arzt bestimmt, dass Vater Ferdinand ins Krankenhaus müsse. Zusammen mit dem Fahrer des Doktors hatte Waldemar den gelähmten Vater ins Auto gehoben, die Mutter hatte ihn in die Kreisstadt begleitet. Obwohl der Vater schon seit Jahren nicht mehr imstande war, bei der landwirtschaftlichen Arbeit zu helfen, fehlte er. Es war ungewohnt, alles selber organisieren und entscheiden zu müssen. Hoffentlich würde Papa schnell gesund, wünschte sich der gerade Siebzehnjährige. Mama und Tante Marie diskutierten seiner Ansicht nach viel zu lange über jede Kleinigkeit. Nun überlegte er, ob es schon Zeit für die erste Pause mit Malzkaffee sei und richtete sich auf.

Es war aber nicht der kleine Bruder mit der Blechkanne, der vom Haus gelaufen kam, sondern der Postbote trat eifrig in die Pedalen seines Fahrrads und kam über den holprigen Feldweg auf sie zu. Alle hatten aufgehört zu mähen, die Mutter ging hinüber zum Weg, wo der Bote mit einem hellen Papier wedelte. Waldemar folgte und schaute über die Schulter der Mutter, die das Telegramm wie erstarrt in der Hand hielt.

Bitte ins Krankenhaus kommen. Dringend! lautete die Nachricht.

„Ich fahre sofort mit dem Rad los. Tante Marie kann dir beim Einspannen helfen!"

Waldemar wechselte nur die Stiefel und zog die gute Sommerjacke über, bevor er sich auf den Weg machte. Verschwitzt erreichte er mittags das Krankenhaus in Ortelsburg.

Der Vater lag bewegungslos auf einem der acht Betten im Krankensaal. Seine Stimme war schwach geworden, und der Sohn musste sich nah über ihn beugen, um zu verstehen, was der Vater murmelte.

„Waldemar, heirate nicht so früh. Nicht, bevor du dreißig bist."

Er atmete angestrengt, nahm seine Kraft zusammen und flüsterte: „Kümmere dich um Mama und die Kinder …"

„Ja, Papa, ja!"

Waldemar wollte erzählen, dass sie gerade den Hafer mähten, aber der Vater hatte die Augen geschlossen, er atmete unregelmäßig. Angstvoll starrte der Sohn auf den Brustkorb des Kranken, auf jede Bewegung wartend. Einige Zeit später kam die Mutter ans Krankenbett, sie brach in Tränen aus und weinte laut. Panik erfasste den Jungen, er sprang auf.

„Ich hole Priester Matuschat, er muss kommen und beten …"

Fast tränenblind radelte Waldemar los und klammerte sich wie besessen an die Überzeugung, dass der Priester helfen würde.

„Ja, Waldemar, wir wollen beten …", beruhigte Herr Matuschat den aufgeregten Jungen und sie falteten die Hände. Danach begleitete der Priester ihn zurück ins Krankenhaus. Als sie den Krankensaal betraten, sollte der leblose Körper des Vaters schon aus dem Zimmer gerollt werden. Priester Matuschat sprach ein Gebet, die Mutter schluchzte und Waldemar war erstarrt im Schock. Er konnte lange nicht begreifen, dass der Tod gewaltiger war als sein Glaube.

Der Leichnam wurde mit der Kutsche nach Hause gebracht und drei Tage lang in der guten Stube aufgebahrt, dort, wo sonst am Sonntag die Gottesdienste stattfanden. Die Gerüche von Tod, Blumen und Kerzen vermischten sich jetzt hier. Nach der Arbeit spielte Waldemar Kirchenlieder auf dem Harmonium für den toten Vater. Verwandte und Nachbarn kamen, sich zu verabschieden, einige halfen, die Ernte zu Ende zu bringen. Zur Bestattung am Rande des evangelischen Friedhofes waren nicht mehr alle Nachbarn dabei, um dem Verstorbenen die letzte Ehre zu bezeugen. Ab jetzt musste der siebzehnjährige Junge erwachsen sein, er hatte ein Versprechen gegeben.

Schon vor dem Tod des Vaters, als dieser immer schwächer wurde, musste Waldemar die Lehre als Zimmermann aufgeben. Seine Arbeitskraft wurde zuhause gebraucht. Der Junge hatte nicht gewagt, seinem Vater zu widersprechen und er bedauerte die Entscheidung zunächst auch nicht sehr. Doch nach Ferdinands Tod wuchs Waldemars Widerwillen gegen die Arbeit auf dem Hof der Familie mit jedem Monat. Die Vorstellung, dass sein Leben sich nur noch im Umkreis von Kühen, Äckern, Schweinen und Hühnern abspielen sollte, grauste ihn. Er sehnte sich nach Freiheit und Stadtleben, er wollte die Welt sehen.

Die Mädchen im Dorf erschienen ihm simpel und dümmlich, alle Versuche der Mutter, ihn für eines der Mädchen zu interessieren, scheiterten. Oft genug saß ein Nachbarsmädchen mit der Mutter am Küchentisch, wenn er zum Feierabend ins Haus kam. Waldemar blieb höflich, nutzte auch manche Gelegenheit für aufregende Küsse, aber er scheute jede ernste Verbindung. Er hatte noch die Stimme seines Vaters im Ohr.
„Junge, heirate nicht, bevor du dreißig Jahre alt bist", hatte er auf dem Sterbebett gefordert, ohne diese Mahnung zu begründen. Das damals dem Vater gegebene Versprechen, sich um die Mutter und die jüngeren Geschwister zu kümmern, lastete schwer auf dem Sohn, denn er hatte inzwischen erkannt, dass er es kaum halten könnte.

„Mama, ich werde noch lange nicht heiraten und schon gar nicht eines dieser Dorfmädchen", erklärte er der Mutter schließlich, „ich will nicht hier in Ostpreußen bleiben."
Die Mutter war erschrocken, überschüttete ihn mit Vorwürfen, der Sohn entzog sich ihr, wanderte hinunter zum See.

Der neue Nazi-Bürgermeister hatte es geschafft, die Familie in große Sorgen zu stürzen, indem er die Zahlung von Ferdinands Kriegsversehrtenrente zwar einstellen ließ, aber die Anerkennung der entsprechenden Witwenrente für Anna verweigerte. Waldemar versprach seiner Mutter, sich um den Schriftverkehr mit Berlin zu kümmern und handelte aus, dass er sich ein Motorrad kaufen dürfte, wenn er erfolgreich wäre. Es gelang ihm, die Witwenrente durchzusetzen, von der Nachzahlung wurde, wie versprochen, sein Motorrad gekauft. Damit verschaffte er sich kleine Freiheiten. Nach der Arbeit staffierte er sich mit Lederstiefeln und Breeches-Hosen aus, fuhr über die Dörfer und besuchte Verwandte und Freunde der Mutter. Er liebte diese neue Freiheit zwar, und die neidische Aufmerksamkeit der Dorfjugend war ihm jedes Mal sicher, doch glücklich wurde er dabei nicht. Im Frühjahr fuhr er ins Ruhrgebiet und kam mit Tante Marie zurück,  damit sie der Mutter in der Landwirtschaft half. Waldemar hatte eigene Pläne, die er vorbereitete.

Der Besitz des Zweirads brachte allerdings auch Verpflichtungen. Wenn die Mutter oder Tante Marie etwas im Dorf oder in der Kreisstadt erledigen wollten, musste Waldemar sie jedes Mal fahren, egal, was er sich selbst vorgenommen hatte. Als er darüber einmal besonders verärgert war und Tante Marie kaum hinter ihm Platz genommen hatte, gab er Vollgas. Die Tante kippte rückwärts vom Sitz. Waldemar stellte sich taub, brauste vom Hof die Allee hinunter und verschwand.

Während der Frühlingssaison arbeitete er nun auf einem entfernten Gutshof als Gespannführer, um eigenes Geld zu verdienen. Er wollte sein Leben selber bestimmen.

Was er an Armut und Not bei vielen der Gutsarbeiter sah, empörte ihn. Dort gab es Menschen, die barfuß oder nur mit um die Füße gewickelten Lappen die Feldarbeit verrichteten. Von hochschwangeren Frauen wurde erbarmungslos gefordert, dass sie unmittelbar bis zur Entbindung arbeiteten. Das Mutterschutzgesetz galt bis 1943 nicht für Landarbeiterinnen, dies nutzten die Gutsbesitzer und deren Verwalter skrupellos aus. Waldemar erlebte, dass eine Frau sich zum Feldrand schleppte und dort im Schmutz der Ackerfurchen ihr Kind gebar, nur notdürftig unterstützt durch eine ältere Arbeiterin.

Waldemar verabscheute das ausbeutende, arrogante Verhalten der reichen Junker. Seine Ablehnung ging so weit, dass er sich sein Leben lang weigerte, Adelshäuser, Schlösser oder Kirchen von innen zu besichtigen, weil er nicht bestaunen wollte, was in vergangenen Zeiten auf Kosten und Gesundheit der armen Leute an Schätzen dort zusammengetragen worden war.

Eigene Wege

Albert R. erzählte Waldemar von der Möglichkeit, dass junge Leute sich in einer Motorsportschule der Hitler-Partei kostenlos auf die Führerscheinprüfung vorbereiten konnten.
„Du brauchst doch nur dem nationalsozialistischen Kraftfahrerkorps (NSKK), beitreten, dann kannst du dich da anmelden."
Dieser Verlockung konnte Waldemar nicht widerstehen, 1936 trat er in das NSKK ein. Sofort danach setzte er sich hin und schrieb seine Bewerbung für einen Lehrgang. Er musste nicht lange warten, bis der Postbote die Aufnahmebestätigung brachte.
„Es sind doch nur ein paar Wochen, Fritz und Tante Marie sollen dir helfen", versuchte er die Mutter zu beruhigen, „ich werde schon vor der Ernte wieder zurück sein."

In der Motorsportschule herrschte ein ungewohnter Befehlston und militärisches Gehabe. Waldemar musste Uniform tragen. Aber endlich erfuhr er das, was er schon immer wissen wollte über die Bestandteile und Funktionsweise von Verbrennungsmotoren. Begeistert lernte er die Unterschiede zwischen Diesel- und Ottomotor, erfuhr begierig, wie Zündung, Wasserpumpe oder Lichtmaschine funktionieren und wie man Motoren reparieren konnte. Seine Auffassungsgabe und Leidenschaft für Autos ließen ihn die Ausbildung leicht ertragen. Auch bei den Fahrten auf dem Übungsgelände zeigte er sich talentiert und brauchte im Gegensatz zu weniger begabten Fahrschülern keine Schikanen zu erdulden. Stolz kehrte er mit den Führerscheinen für PKW und LKW nachhause zurück. Doch in der Landwirtschaft wollte er so wenig wie möglich arbeiten.

Glücklicherweise suchte der Arzt seines Heimatortes einen neuen Fahrer. Die Stelle gefiel Waldemar, obwohl die Frau des Arztes darauf bestand, mit „Frau Doktor" angesprochen zu werden. Er revanchierte sich für diese Zumutung, wie er es empfand, als er einmal aufgefordert wurde, die Fenster des Hauses zu putzen.

„Gnädige Frau, ich bin hier als Fahrer eingestellt, nicht als Hausmädchen", erklärte er großspurig.

Der Arzt war ein angenehmer Arbeitgeber. Wenn er im Dorf seine Hausbesuche erledigte, brauchte Waldemar nur in der Gaststätte auf ihn zu warten. Der Doktor mochte es nämlich, nach der Versorgung seiner Patienten noch ein, zwei Gläschen Schnaps zu einem Bier zu trinken. Auch daheim verschmähte der Arzt keinen guten Tropfen, egal, ob als Gastgeber seiner Besucher oder allein in seinem Herrenzimmer. Obwohl die Arztfrau immer wieder die Flaschen versteckte, musste Waldemar manches Mal spätabends einen ziemlich betrunkenen Arzt zu einem Notfall fahren. In solchen Situationen ging die „Frau Doktor" ihrem Mann zur Hand, auch immer dann, wenn er zu schwierigen Geburten gerufen wurde.

Einmal geriet bei einer Frau die Hausgeburt bedenklich ins Stocken und die Gebärende sollte ins Krankenhaus transportiert werden. Waldemar verschaffte der laut leidenden Mutter zwar so viel Platz wie möglich auf der Rückbank des Autos, aber als „Frau Doktor" ihn unterwegs anwies, anzuhalten und er in den Rückspiegel schaute, war er so entsetzt vom Anblick, dass er zum Straßengraben flüchtete und würgte –trotz aller Erfahrungen mit Tiergeburten auf dem elterlichen Hof. Er überließ es allein der Frau des Doktors, dem Kind auf die Welt zu helfen. Das Neugeborene war offenbar gesund, Waldemar konnte umkehren und Mutter mit Kind direkt wieder nachhause bringen.

Im folgenden Frühjahr hielt es ihn nicht mehr in der kleinen bäuerlichen Welt, nachdem die Felder bestellt waren. Er stand am Zaun des Obstgartens und schaute über die Weide und die Felder dahinter. Die Wintergerste stand gut, der Weizen war schon aufgegangen, ein deutliches Grün lag über dem Feld. Er würde gehen. Eine seiner zahlreichen Tanten war in Hildesheim mit einem Fleischer verheiratet, heute war ihre Antwort auf seinen Brief gekommen: Sie bot ihm Unterkunft und Verpflegung an. Dorthin würde er jetzt fahren und hoffentlich Arbeit finden, die nichts mit Landwirtschaft zu tun hatte. Seine Brüder, die jüngste Schwester der Mutter und zwei Landhelfer sollten mit der Mutter den Hof in Ostpreußen ohne ihn bewirtschaften.

Arbeitsangebote als LKW-Fahrer gab es in Hildesheim genug. Aber im Arbeitsbuch, das jeder besitzen und beim Stellenwechsel vorzeigen musste, war Waldemar als Landwirt eingetragen. Ausschließlich in diesem Bereich sollte

er arbeiten. Ihm erschien das wie ein ewiger Fluch. Schließlich gelang es dem Chef eines Kieswerkes, den Eintrag beim Arbeitsamt ändern zu lassen und Waldemar durfte für das Kieswerk fahren, was ihm ausnehmend gut gefiel. Nach gut zwei Wochen jedoch war es damit schon wieder vorbei: Der Marschbefehl zum Arbeitsdienst in der Lüneburger Heide wurde zugestellt.

Die jungen Leute mussten dort zunächst ihre Baracken selber bauen und litten ständig unter Hunger, weil große Teile des Verpflegungsbudgets offensichtlich für die Baumaterialien verbraucht wurden. Ganz besonders hasste Waldemar den albernen militärischen Drill mit Spaten. Auf dem Foto steht er in der vorderen Reihe als erster von links. Nachdem klar war, dass eine Abteilung von ihnen zum Parteitag nach Nürnberg abgeordnet werden sollte, stellte Waldemar sich beim Exerzieren absichtlich ungeschickt an und ersparte sich so den Auftritt beim Parteitag.

Glücklicherweise beschwerte sich ein Bauer aus der Nachbarschaft über den ihm zugeteilten Helfer, weil der ein Frisör war und keine Ahnung von Landarbeit hatte. Der Landwirt brauchte jedoch einen erfahrenen Gespannführer zum Mähen. Waldemar meldete

sich. Hunger, Drill und Entwässerungsarbeiten fand er noch schlimmer als die bäuerliche Arbeit.

Auf dem Hof des Heidebauern wurde er sehr geschätzt und schon bald als möglicher Schwiegersohn betrachtet. Er bekam reichlich zu essen und musste nur des Nachts im Lager sein. Hilde, die einzige Tochter des Bauern, war hübsch genug und die beiden jungen Leute mochten einander, doch Waldemar verzichtete auf alle ernsthaften Avancen. Er war schließlich nicht vom eigenen Hof in Ostpreußen geflohen, um dann als Heidebauer in der Nähe von Uelzen sesshaft zu werden. In seiner Lebensplanung sah er sich als Fahrer und Automechaniker mit eigener Werkstatt.

Also bemühte er sich um die Erlaubnis, einen befreundeten Kameraden aus dem Lager als weiteren Helfer mitzubringen. Der freute sich über die üppige Verpflegung auf dem Hof und für Waldemar war dies die beste Lösung. Als er 35 Jahre später bei einer Fahrt durch die Lüneburger Heide den alten Ort seiner Jugend aufsuchte, erkannte Hilde ihn sofort.
„Du bist doch der Waldemar!", rief sie und kam ihm freudig entgegengelaufen. Sie war immer noch die fröhliche Hilde von damals und lebte zufrieden mit Mann und drei Kindern auf ihrem Hof.

Mobilmachung

Nach absolviertem Arbeitsdienst meldete Waldemar sich sogleich zum unvermeidlichen Dienst bei der Wehrmacht, um möglichst schnell alle Zwangszeiten hinter sich lassen zu können. Wunschgemäß konnte er den Dienst in Hildesheim bei der Panzerjägereinheit antreten. Dass diese Einheit motorisiert war, gab für ihn den Ausschlag. Seinen Wehrdienst überstand Waldemar ohne nennenswerte Probleme; die Tante vor Ort bot ihm großzügig Familienanschluss. Wenn er nicht zum Dienst eingeteilt war, besuchte er sie oft. Über die notwendigen Urlaubsscheine verfügte er, seitdem er einmal auf die Schreibstube zitiert worden war und der Diensthabende kurz den Raum verlassen hatte. Ein ganzer Block mit Blanko-Urlaubszetteln lag auf dem Schreibtisch, die oberen waren bereits unterschrieben, aber nicht ausgefüllt. Waldemar widerstand der Versuchung nicht, sondern steckte schnell etliche ein.

Auch am Donnerstag, dem 10. November, fuhr er zur Tante in die Innenstadt. Schockiert sah er die Verwüstungen der vorangegangenen Pogromnacht, von denen schon in der Kaserne gemunkelt worden war. Das Bekleidungsgeschäft, in dem er noch kurz zuvor seinen Wintermantel gekauft hatte, war ebenso zertrümmert wie viele andere jüdische Läden, die Scherben der Schaufenster waren nur gegen die Hauswand gefegt worden, überall lagen noch Splitter. Waldemar mochte fast nicht glauben, was er an Zerstörungen sah. Zwar hatte es überall geheißen „Kauft nicht beim Juden", aber etwas Derartiges hatte er sich nicht vorstellen können, als er die Propaganda ignorierte und trotzdem dort den Mantel kaufte. Warum sollte er auch nicht? Das Angebot war gut und günstig gewesen und zuhause hatten sie sich auch nicht beirren lassen, sondern oft bei jüdischen Händlern gekauft.

Im Juni 1939 absolvierte er noch ohne böse Vorahnungen mit seinem Regiment ein Manöver in Schlesien, das rückblickend als Übung zur Mobilmachung bewertet werden konnte.

Auf dem Foto versammeln sich die Kompanien am Hildesheimer Bahnhof zum Abtransport.

Für seine Treffsicherheit beim Schießen – ein Talent, das ihn selbst überraschte – hatte Waldemar schon diverse Schnüre verliehen bekommen, und gut drei Monate vor Ende seines Kriegsdienstes wurde er ungefragt zur Ausbildung als Panzerfahrer bei der Panzertruppenschule gemeldet. Danach würde er endlich entlassen werden.

Aber er hatte sich zu früh auf die Freiheit gefreut, zum gleichen Zeitpunkt erfolgte nämlich die geheime Mobilmachung. Alle Kameraden aus seiner Panzerjägerkompanie waren entsprechend eingeteilt worden, lediglich Waldemar war übrig geblieben wegen seiner anstehenden Panzer-Schulung. Er suchte seinen Vorgesetzten auf und erklärte, dass er unbedingt bei seiner Kompanie bleiben wolle, um gemeinsam mit den befreundeten Kameraden ins Feld zu ziehen.

Der Spieß glaubte ihm den geheuchelten Kampfeifer und zeigte Verständnis. „Aber wo sollen wir dich bloß unterbringen?"
Er überlegte laut und fand eine Lösung: „Nun, wir sind schließlich die Panzerjäger in unserer Infanteriedivision - also, da gibt es doch die alte Tradition der Waldhornbläser ... Gefreiter, sind Sie musikalisch?"
„Ich kann Harmonium und ein bisschen Geige spielen ..."
„Gut! Sie holen sich von Unteroffizier Multher das Horn und werden erstmal auf der Latrine üben. Außerdem werde ich Sie als Hilfssanitäter eintragen und dem Hauptmann als Burschen zuteilen. Fußmelder können Sie auch noch sein. Das kriegen wir hin."

 Auch wenn es unglaub-
lich lächerlich und fast
wie die Geschichte des
Soldaten Schwejk klingt:
Waldemar zog wirklich
als Hornbläser, Hilfssanitäter, Bursche des Chefs
und Fußmelder in einer
Person in den Angriffs-
krieg gegen Polen. Mit
ihren Pistolen, Karabi-
nern und Maschinenge-
wehren wurden die Soldaten per Eisenbahn und zum Schluss auf Kraftfahr-
zeugen über die polnische Grenze gebracht.

Waldemar trug Karabiner und Pistole bei sich. Als sie in den ersten kleinen
Beschuss gerieten, gruben sie noch vorschriftsmäßig blitzschnell Löcher, um
sich zu schützen. Doch es ging weiter vorwärts, bis die Kompanie auf ernsthaften Widerstand der Polen traf. Eigentlich hätte Waldemar bei dem Einsatz
nicht mit nach vorn gehen müssen, aber mit der Neugier eines dummen Jungen
wollte er selber sehen, wie Krieg ist. Und dabei lernte er die Angst kennen.

Die Gruppe, der er sich angeschlossen hatte, geriet in heftiges Artilleriefeuer,
die Geschosse flogen ihnen nur so um die Ohren. Nur einen einzigen, unge-
zielten Schuss richtete Waldemar in den Wald, dann suchten alle ihr Heil in
der Flucht nach hinten. Dort hatte sich ein wütender Major aufgebaut und
wollte sie aufhalten. Mit seiner Pistole schoss er in die Luft und brüllte: „Deutsche Soldaten flüchten nicht!"
Sein Toben war zwecklos, die jungen Männer flüchteten tiefer in den Wald.
Einige schafften es nicht mehr, rechtzeitig aus der Hose zu kommen, sie er-
lebten gerade, wie sich unmäßige Angst auf den Darm auswirken kann. Die
kleine Gruppe Soldaten löste sich im Wald auf. Waldemar hatte jedes Zeitge-
fühl verloren, als ihm bewusst wurde, dass es ruhig geworden war. Er befand
sich nun in einem Buschwerk und versuchte, sich an Kampfgeräuschen zu
orientieren. Aber alles, was er hören konnte, war ein Rascheln und Knacken –
jemand näherte sich. Angespannt brachte Waldemar vorsorglich sein Gewehr
in Anschlag und bewegte sich sehr vorsichtig in die Richtung, aus der die Geräusche eben noch gekommen waren. Vielleicht irrte hier ja noch ein Kamerad
herum, genauso misstrauisch wie er selber.

Dann standen sie voreinander, der junge polnische Soldat mit seinem Gewehr und der deutsche. Ein kurzer Blickwechsel, bei dem jeder die Angst des anderen genau lesen konnte, genügte. Beide wendeten sich ab, es fiel kein Schuss. Aber unsäglich war Waldemars Angst, dass der andere doch noch schießen könnte. Wenige Minuten später fühlte er sich so erschöpft und müde wie niemals zuvor. Als er in die Richtung eines Wasserlaufes stolperte, erblickte er etwas Weißes. Vorsichtig näherte er sich und war unendlich erleichtert, dass es sich um die Federn einer aufgerissenen Daunendecke handelte. Er ließ sich einfach hineinfallen und schlief sofort ein.

Es war noch Nacht, als er wieder aufwachte. Er hörte das Knacken von Altholz unter schweren Schritten und dann eine Stimme:
„Da liegt ja noch einer."
Deutsche Sanitäter waren unterwegs, die nach Verwundeten und Gefallenen suchten. Eine Mischung aus Erleichterung und Schuld überschwemmte

Waldemar und schnell fragte er die drei Männer:
„Wisst ihr, wo die 14. Kompanie ist?"
„Da hinten ist eine Feldküche …"
Mit einer Armbewegung wies der Sanitäter die Richtung. Waldemar fand den Weg und meldete sich bei seiner Kompanie zurück. Einige Nachzügler trafen noch später ein, doch drei Männer kamen nicht mehr zurück. Zwei waren gefallen, ein Verletzter ins Feldlazarett gebracht worden.

In hohem Tempo ging der Vormarsch weiter. Weil der Fahrer der Feldküche mit einer Verletzung zurückgeschickt worden war, wurde Waldemar als Vertretung eingesetzt. Bereits auf diesem Polenfeldzug bekamen die Fahrer Pervitin ausgehändigt, heute unter dem Namen Crystal bekannt. Waldemar nahm die als Wachmacher bezeichneten Pillen gerne an. Auch später, beim Marsch nach Frankreich sowie beim Vorrücken durch die Ukraine bis kurz vor Moskau, erhielt er immer wieder diese Droge. Ihre Wirkung gefiel ihm noch besser als jene von Codein, das ihm als Jugendlichem häufig gegen seine Hustenkrämpfe verschrieben worden war. Die Schwäche für Suchtmittel begleitete ihn sein Leben lang; erst in seinem hundertsten Jahr befreite er sich völlig von ihr.

Auch wenn es offiziell nicht erlaubt war, bedienten sich die deutschen Soldaten im unterlegenen Polen am Besitz der Zivilbevölkerung. Vor Breslau kam Waldemar gerade noch rechtzeitig dazu, als eine Gruppe deutscher Infanteriesoldaten sich anschickte, den Kofferraum eines roten Hansa-Lloyd Cabrio mit Spitzhacken zu öffnen. Ein gutes Auto so malträtiert zu sehen, ertrug Waldemar nicht.

„He, lasst das bloß sein! Ich soll den Wagen für den Chef abholen!", behauptete er.

Er wusste, wie er ein Auto ohne Schlüssel öffnen und starten konnte und brachte es vor den gierigen Kameraden in Sicherheit. Der Kompaniechef behielt das rote Cabrio, solange sie in Polen waren.

Sie wollten nur leben und lieben

Ein einziger Abend hatte genügt und Irmgard war unsterblich verliebt in diesen Mann, der im Fronturlaub zu Besuch bei seiner Mutter und den jüngeren Geschwistern war. Seine Familie war vor fast drei Jahren aus Ostpreußen in Irmgards Nachbarschaft gezogen, doch den ältesten Sohn hatte sie bisher noch nie gesehen, weil er 1939 direkt aus dem Wehrdienst in den Krieg musste. Nun hatte sie den viel gerühmten Sohn und Bruder zum ersten Mal bei gemeinsamen Bekannten getroffen und war von ihm hingerissen. Irmgard war noch nicht ganz siebzehn Jahre alt und Waldemar schon vierundzwanzig.

Es war im Oktober 1942 und so, wie es später einmal in einem Lied besungen werden würde, schien tatsächlich der Mond wunderschön über Irmgards Heimatstadt Wanne-Eickel, als Waldemar sie am späten Abend nach Hause brachte. Jedes Mal, wenn er sich vor ihrem Haus verabschieden wollte, konnte sie ihn nicht loslassen und begleitete ihn immer wieder ein paar Schritte zurück. So kam es, dass die beiden in dieser Nacht die Strecke vom Stadtpark zu Irmgards Elternhaus mehrfach hin und her liefen, weil sie sich einfach nicht voneinander trennen wollten.

Bereits am nächsten Morgen musste Waldemar zurück an die Ostfront, und natürlich kam Irmgard in aller Frühe zum Bahnhof, um ihn zu verabschieden. Als wenn es das letzte Mal sein würde – so leidenschaftlich küssten sie sich zum Abschied. Es war ihnen egal, dass seine Cousinen, die ihn begleitet hatten, neugierig zuschauten. Als die jungen Frauen gemeinsam dem Zug nachwinkten, fühlte Irmgard eine große Angst und betete, dass Waldemar heil zu ihr zurückkommen möge.

Aber auch zuhause im Ruhrgebiet war der Bombenkrieg entsetzlich. Stockfinster waren die Straßen nachts zwischen den Häuserschluchten mit den Wohnungen der Bergleute. Kurz nachdem die Sirenen Alarm gellten, waren schon die erleuchteten Zielmarkierungen am Himmel zu sehen, sie wurden „Christbäume" genannt. In Angst und Panik versuchten die Menschen, in Bunker und Schutzräume zu gelangen. Gleichzeitig fielen die Bomben, Fenster und Türen zerbarsten, Mauern stürzten ein, Feuer loderte auf. Laut war das Grauen in solchen Nächten.

Manchmal konnte Irmgards schwer herz- und diabeteskranke Mutter keine Kraft mehr aufbringen.
„Lauft Kinder, geht ohne mich, beeilt euch!"
Damit forderte sie ihre Kinder bei Alarm auf, sich ohne sie in Sicherheit zu bringen. Die jüngste, elfjährige Schwester weinte.
„Nein, Mutti, ich gehe nicht ohne dich, du musst mitkommen!"
Irmgard und die nächstältere Schwester sahen sich an, dann schleppten sie zusammen mit dem Bruder die Mutter in den Abraum-Stollen der nahe gelegenen Zeche Wilhelm. Hier warteten viele Menschen aus der Nachbarschaft die Angriffe ab, die Familien hatten bereits ihre Stammplätze in diesem Ersatzbunker. An schlimmen Tagen mit häufigen Bombengeschwadern mussten die Geschwister ihre Mutter im Schutzraum allein lassen und es kam vor, dass die kraftlose Frau mehrere Tage hintereinander im Stollen verbrachte, weil sie zu schwach war für das hektische, angstvolle Hin und Her zwischen Schutzraum und Wohnung.

Als älteste von sechs Geschwistern kümmerte sich Irmgard um den Haushalt. In den Angriffspausen schickte sie die Geschwister in die Geschäfte, um mit Lebensmittelmarken einzukaufen, dann kochten sie Essen, eines der Kinder lief danach los, um auch der Mutter eine Portion in den Stollen zu bringen.

Gelegentlich wurden die jüngeren Geschwister für mehrere Wochen nach Ostpreußen oder Pommern evakuiert, wo sie auf verschiedene Bauernhöfe oder Haushalte verteilt wurden, um den Bombardierungen des Ruhrgebiets zu entkommen.

Irmgard und die nächstältere Schwester waren bereits aus der Schule entlassen und mussten zuhause bleiben. Tagsüber arbeiteten sie in fremden Hauhalten, anschließend versorgten sie daheim die Eltern. Der Vater war Bergmann, manchmal wurde er abkommandiert ins Gebiet links des Rheins zum „Schanzen", wie das Errichten von Verteidigungsstellungen genannt wurde.

Irmgard schrieb täglich Briefe an ihren geliebten Waldemar und er hielt es umgekehrt ebenso. Schreibend teilten sie ihre Gefühle und Gedanken, konnten die Not und Angst des Krieges vergessen und von einem gemeinsamen Leben in Sicherheit träumen. Alles erzählten sie sich in diesen Briefen, so lernten sie einander zutiefst kennen und lieben. Der Feldpostverkehr funktionierte noch tadellos bis Weihnachten 1944 und die Liebesbriefe, Fotos und Päckchen erreichten den anderen immer zuverlässig. Seinen Heiratsantrag stellte Waldemar ebenfalls auf dem Postweg. Noch in der gleichen Stunde, als dieser Brief Irmgard erreichte, brachte sie wortreich und glücklich ihr „Ja" zu Papier und schickte die Antwort sofort ab.

Im Sommer 1943 schrieb Waldemar, dass sein Urlaubsantrag für die Verlobung genehmigt sei, ein genaues Datum des Urlauberzuges konnte er aber noch nicht nennen. An dem Abend, als er endlich eintraf, war Irmgard noch nicht von der Arbeit zurück und ihre Schwester Annegret öffnete ihm die Tür. Annegret war nur eineinhalb Jahre jünger als Irmgard, sie hatte die gleiche Größe und ebenso schwarzes Haar, daher glaubte Waldemar nun, dass Irmgard vor ihm stünde und nahm sie sehnsüchtig in die Arme. Annegret protestierte und wehrte die Küsse ab:
„Irmgard ist noch nicht zurück, ich bin doch die Annegret!"
Trotz dieser kalten Dusche war Waldemars Leidenschaft noch nicht erloschen, als die richtige Irmgard etwas später von der Arbeit nach Hause kam.

Ihr Vater war einverstanden, dass die beiden in Waldemars nächstem Urlaub heiraten würden und sie fuhren glücklich in den Verlobungsurlaub nach Schlesien zu Waldemars Mutter. Sie war zu Verwandten ins Riesengebirge evakuiert worden und wohnte dort in einer Papiermühle. Obwohl die künftige Schwiegermutter darauf bestand, dass Waldemars zwölfjährige Schwester zwischen dem jungen Paar im Doppelbett schlief, wurden es wunderschöne Sommertage des Juli 1943.

Eines Tages allerdings trat Irmgard in den Hof der Papiermühle und fand dort Waldemar in den Armen einer entfernten Cousine, die sich an ihn klammerte und abküsste. Mit ihren siebzehn Jahren war Irmgard sehr böse und eifersüchtig; sie war überzeugt, Waldemar hätte sich viel heftiger wehren müssen gegen die andere Frau. Doch schnell versöhnten sie sich wieder und nur Waldemars Abreise machte Irmgard unglücklich. Waldemars Mutter Anna versuchte, die Hochzeit mit allen Mitteln zu verhindern. Sie ging sogar so weit, ihren ältesten Sohn zu enterben, nur weil die zukünftige Schwiegertochter keinen Besitz in die geplante Ehe einbringen würde.

Das beeindruckte Waldemar allerdings wenig, stattdessen ging es ihm jetzt darum, alle erforderlichen Papiere für den arischen Abstammungsnachweis zu besorgen, ohne den es keine Heiratsgenehmigung gab. Damals wurde für jede Eheschließung ein riesiger, unsinniger Aufwand in der deutschen Bürokratie ausgelöst, um nur „reindeutsche" Nachkommen für den „deutschen Volkskörper" zu erhalten. Irmgard musste sich sogar von einem Amtsarzt ihre Ehefähigkeit bescheinigen lassen. Mit einiger Schreiberei über die Feldpost erlangte Waldemar seinen „Ariernachweis". Mindestens drei Generationen der Vorfahren mussten deutsch sein. Das sah dann zum Beispiel so aus:

39

Auszug aus dem Taufregister

der evangelischen Pfarrkirche .... in *Morgen/Ostpr. (Kreis...)* ....

Jahrgang *1866* Seite *309* Nr. *84*

Täufling:	*Jedamzyk, Maria* *geb. 4. Juni 1866 in Soldanen* *getauft. 6.6. 1866*
Eltern:	*Jedamzyk, Gottlieb, Lokmann* *Liebe geb. Ewalinna*

Auszug aus dem Taufregister

der evangelischen Pfarrkirche .... in *Morgen/Ostpr.* ....

Jahrgang *1854* Seite *605* Nr. *36*

Täufling:	*Jablonski, Adam* *geb. 22. Februar 1854 in Soldanen* *getauft 26.8. 1854*
Eltern:	*Jablonski, Adam, Wirt* *Caroline geb. Erlenski*

Auszug aus dem Taufregister

der evangel. Kirchengemeinde - Pfarrkirche in *Gohfeld* ....

Jahrgang *1860* Seite *2* Nr. *56*

Täufling:	*Thevold, Luise Henriette Engel* *geboren: 10. April 1860 in Gohfeld - Mellbergen 30* *getauft: 2. Mai 1860 in Gohfeld*
Eltern:	*Thevold, Johann Carl Heinrich ; Heuerling (Bauer...* *Rieger, Marie Christine Engel in Gohfeld*

Waldemars Hochzeitsurlaub war zwar längst genehmigt, doch er konnte erst im Januar 1944 ganz kurzfristig die Front verlassen, um zu seiner Verlobten nach Wanne-Eickel zu reisen. Ihre Mütter und jeweiligen Geschwister waren zu dieser Zeit alle nicht zuhause, die älteren arbeiteten im Saarland im Bergbau, die jüngeren waren mit ihren Müttern in den Osten evakuiert. So bestanden die Hochzeitsgäste lediglich aus Irmgards Vater sowie einem Onkel und einer Tante von Waldemar. In den Wochen zuvor hatte Irmgard Lebensmittelkarten zusammengespart und etwas Fleisch ergattern können für das Hochzeitsmahl.

Jeden Abend musste alles komplett verdunkelt werden, Strom gab es kaum noch, und die Türen waren durch die Bombenschäden schon längst nicht mehr sicher zu verschließen. An diesem Abend war Irmgard dabei, im Licht einer Gaslampe vorsorglich das kostbare Fleisch auf dem Herd zu garen und schwelgte in Tagträumen von einem Familienleben mit Waldemar ohne Krieg, als sie in einem Riesenschreck zusammenfuhr. Die Küchentür schob sich mit einem leisen Knarren ganz langsam auf und sie sah eine Hand in einem Männerhandschuh auf der Türklinke. Vor Entsetzen gaben fast ihre Knie nach, sie griff das Fleischmesser und starrte voller Angst auf die Tür. Es gab so viele Geschichten von Einbrechern und Vergewaltigern in dieser unsicheren Zeit, die ihr nun durch den Kopf schossen. Dann wurde die Tür ganz geöffnet und ihre Angst verwandelte sich in Glück. Der Mann, den sie sah, war ihr herbeigesehnter Waldemar.

Der Schreck war schnell erklärt: Die Klingeln im Haus funktionierten nicht mehr und sie hatte Waldemar schon vor Wochen Haus- und Wohnungsschlüssel geschickt, damit er jederzeit Einlass fände. An diesem Januartag war er durch die unverschlossene Haustür bis vor die Wohnung gekommen, hatte weder Licht gesehen noch irgendetwas gehört und deshalb ganz misstrauisch und leise die Wohnung betreten. Waldemar hatte einen großen Rucksack voll wunderbarer Überraschungen mitgebracht, darunter war ein köstlicher Likör, von dem Irmgard aber nur eine Flasche für den großen Tag retten konnte, weil ihr Vater sich mit dem künftigen Schwiegersohn an den anderen Flaschen gütlich tat. Die standesamtliche Trauung war keine große Sache, doch im Anschluss ließen sie bei einem Fotografen Erinnerungsfotos aufnehmen.

In den wenigen Tagen des Hochzeitsurlaubs wollte Irmgard unbedingt schwanger werden, um ein Stück des geliebten Mannes immer bei sich zu haben. Darum bat sie ihn, bloß nicht „aufzupassen", denn das war alles, was sie damals zum Thema Verhütung wusste. Vor wenigen Monaten hatte sie von der Schwiegermutter überhaupt erst erfahren, auf welchem Wege die Babys zur Welt kommen.

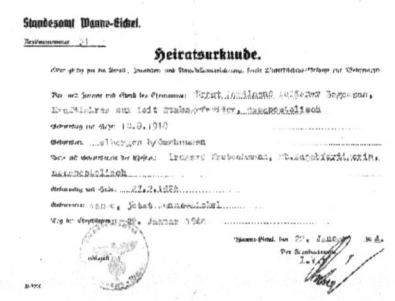

Am dritten Tag nach der Hochzeit musste Waldemar vorzeitig zurück an die Ostfront. In seinem kurzen Urlaub hatte er einige Fliegerangriffe in der Heimat miterlebt und war erschrocken, wie hilflos die Zivilisten dem Entsetzen des Bombenkriegs ausgeliefert waren. Daher setzte er alles daran, seine Irmgard in einer sicheren Gegend unterzubringen, insbesondere, nachdem Irmgard sich im April 1944 sicher war, ein Kind zu erwarten. Am Kriegsverlauf hatte Waldemar längst erkannt, dass der erste Plan, seine Frau zu Verwandten nach Ostpreußen zu schicken, keine vernünftige Idee wäre und arrangierte stattdessen mit einer Tante, die in der ruhigen Residenzstadt Detmold in West-falen ein Hotel betrieb, dass diese Irmgard aufnehmen würde.

Manches Mal war das Schicksal den Liebenden wohlgesonnen. So wurde Waldemar mit seinem Feldküchen-Fahrzeug im Früh-jahr 1944 aus Russland nach Thüringen zu einer Instandset-zungs-Einheit verlegt, dort konnte Irmgard ihn besuchen. Fast sechs gemeinsame Wochen hatten sie, dann erhielt Walde-mar den eiligen Marschbefehl zurück an die Front. Vorher brachte er seine Frau noch zum Zug Richtung Ruhrgebiet. Auf dem langen Fußweg zum Bahnhof lief ihnen ein kleiner brau-ner Hund nach und wollte nicht von ihrer Seite weichen. Kurzentschlossen nahm Waldemar ein Stückchen Seil, formte daraus Halsband und Leine und drückte Irmgard diese beim Abschied in die Hand.

„Er heißt Seppel", sagte er ihr noch.

Seppel leckte Irmgards Hand, als sie mit ihm im Zug saß und immer wieder ihre Tränen abwischte. Die Angst und Ungewissheit, ob sie ihren Liebsten wiedersehen würde, ließen sie fast verzweifeln.

Den Umzug seiner jungen Frau zur Tante im sicheren Detmold hatte Walde-mar auf dem Postweg organisiert. So packte Irmgard bald ihre wenigen ver-bliebenen Sachen und siedelte ohne ihre Aussteuer-Truhe um, denn diese war viel zu früh nach Ostpreußen geschickt worden. Ihre Heimatstadt Wanne-Ei-ckel, die so sehr dem Krieg ausgeliefert war, verließ sie leichten Herzens.

Im Hotel-Restaurant von Waldemars Tante und Onkel wohnte Irmgard in ei-nem kleinen Zimmer unter dem Dach. Obwohl sie durch und durch Geschäfts-frau war, hatte die Tante dennoch ein gutes Herz. Sie gab auch Irmgards Schwester Annegret Arbeit als Haus- und Küchenhilfe, und so hatte die wer-dende junge Mutter eine Vertraute bei sich.

Die glückliche Nachricht von der Geburt des Sohnes zusammen mit der Geburtsurkunde erreichte Waldemar Ende November im Lazarett in Rauschen an der ostpreußischen Ostseeküste. Er war hinter die Front zurückgeschickt worden, um dort eine nicht heilende Bauchwunde behandeln zu lassen. Irmgard erhielt die letzte Post von ihrem Mann zu Weihnachten 1944 aus dem Lazarett. Für seinen kleinen, ihm noch unbekannten Sohn hatte Waldemar Bauklötzchen zum Spielen mitgeschickt. Danach gab es für sie keine Briefe durch die Feldpost mehr.

Ihr erster Hochzeitstag, der 22. Januar, war ein trauriger Tag für Irmgard, denn an diesem Datum musste sie ihre Mutter beerdigen. Schon seit Anfang Januar hatte Irmgard eine große Sehnsucht nach ihrer Mutter gespürt und am Hochzeitstag wollte sie zu ihr reisen, obwohl sie ihr Baby noch stillte und sich riesige Sorgen um den kleinen Sohn machte, denn er lag mit einer Knochenentzündung im Krankenhaus. Dennoch drängte es Irmgard, die Mutter zu besuchen.

Zwei Tage vor dem geplanten Datum machte sie sich mit ihrer Schwester Annegret auf den Weg, aber sie kamen zu spät. Am Vortag hatten die zwölfjährige Hilde und der dreizehnjährige Bruder die Mutter mit dem Krankenwagen bis vor den Eingang des hoffnungslos überlasteten Krankenhauses fahren lassen. Dort wurden nur noch Patienten aufgenommen, die selber laufen konnten. Irgendwie hatten die Geschwister es geschafft, die sterbenskranke Mutter bis zur Aufnahme zu führen. Hier brach sie zusammen, bekam aber noch ein Bett im Keller des Krankenhauses. Am übernächsten Morgen war sie tot. Drei Tage später gab es eine karge Beerdigung bei bitterer Kälte.

Soldat

Nach dem Überfall auf Polen mit Unterwerfung und Besetzung des Landes wurde Waldemars Regiment auf die Kriegszüge nach Westen geschickt. In Holland, Frankreich und Belgien deckten die deutschen Soldaten sich mit Waren ein, die von den Angehörigen zuhause heiß begehrt waren. Die Familien daheim freuten sich sehr über jedes Feldpostpäckchen, denn in Deutschland gab es ohne Zuteilungskarten keine wichtigen Waren mehr. Jahrzehnte später erzählte Waldemar seiner Tochter davon.

„In Holland haben wir diese neumodischen blauen Pullover mit Reißverschluss gefunden. Ich habe etliche mit der Feldpost nachhause geschickt."
Finden und Organisieren waren seine Umschreibungen für Plünderungen von Läden und Fabriken in Frankreich oder für die Beschaffung von Schlachtvieh später in Russland.
„Dann haben die Deutschen also doch geplündert!", warf die Tochter ihm vor und Waldemar gab es sofort zu. „Ja, so muss man es wohl nennen ..."
Er überlegte einen Moment, schüttelte in der Erinnerung den Kopf und ergänzte:
„Was wir kleinen Landser gemacht haben, war noch ziemlich harmlos. Die Pullover habe ich sogar gekauft. Aber immer haben wir nicht bezahlt. Den Weinkeller in Frankreich haben wir geplündert. Und diese Konserven mit Spargel waren fürchterlich, die hätten wir lieber dalassen sollen. Na ja, die anderen mochten sowas ja – ich nicht! Übrigens hatte ich von den Pullovern schließlich gar nichts. Als ich in Heimaturlaub kam, hatte mein Bruder Fritz die nämlich schon alle verscherbelt. Nur der blaue Kleiderstoff war noch da, den konnte ich gerade noch retten."
Aus diesem französischen Stoff nähte sich seine Irmgard später das Hochzeitskleid.

Die einzelnen Päckchen durften nicht mehr als ein Kilo wiegen. Mit einem neuen Feldpostmeister hatte Waldemar deswegen eine Auseinandersetzung. „Das kann ich nicht annehmen! Das ist zu schwer!", behauptete der Neue, „was ist da eigentlich drin?"
„Da ist ein Pullover drin! Was stellst du dich so an? Soll ich jetzt etwa einen Ärmel abschneiden oder wie stellst du dir das vor?"
„Dann bring mir auch so einen Pullover", verlangte der Neue.

In Frankreich war Waldemars Kompanie ein paar Wochen lang in einem Schloss einquartiert, für die Soldaten war das eine ziemlich luxuriöse Zeit. Im

Gegensatz zu den Eigentümern hatte die Hausverwalterin das Schloss aber nicht verlassen und wachte eifersüchtig über das Inventar. Als sie allzu widerspenstig wurde, sammelte der diensthabende Offizier die Socken seiner Mannschaft ein und knallte ihr den Korb vor die Füße mit dem Befehl, alle kaputten Socken zu stopfen. Die Soldaten konnten sich tatsächlich über sorgfältig gestopfte Socken freuen. Mit Kopfschütteln beobachtete Waldemar, dass einige deutsche Soldaten sogar bäuerliches Gerät und Werkzeuge aus Metall von französischen Höfen plünderten.

Die ruhige Zeit für die Einheit hielt nach ihrem Abzug aus Frankreich noch ein paar Wochen an. Sie waren in die Nähe von Bocholt verlegt worden, aber Gerüchte machten die Runde, dass England das nächste Ziel sein sollte. Waldemar gestaltete sich inzwischen seinen Job als Bursche und Fahrer des Chefs durchaus erträglich. Einmal weigerte er sich sogar, ein unbeschreiblich mit Kot verdrecktes Bett des Kompaniechefs zu säubern, als dieser nach einem Saufgelage vollständig die Kontrolle verloren hatte.
„Das mache ich nicht", protestierte Waldemar, „und so kann ich das Bettzeug unmöglich in die Wäscherei bringen. Das gibt doch Gerede."
Dem Chef blieb nichts anderes übrig, als das Gröbste selbst auszuwaschen, wenn er den Vorfall nicht publik und sich zum Gespött machen wollte.

Vorausschauend hatte Waldemar sich eine weitere Aufgabe gesucht als Fourier für die Küche, denn in seiner Funktion als traditionswahrender Hornbläser der Division hatte er sich glücklicherweise nie beweisen müssen. Nur einmal im Laufe des Krieges erfüllte das Instrument einen sinnvollen Zweck, nämlich als es in Russland zum Kugelfang vor Waldemars Schlafplatz im Küchenwagen wurde.

Die Aufgabe als Fourier gefiel Waldemar gut. Er amüsierte sich köstlich, als dem Kollegen einer anderen Einheit ein grober Fehler bei der Berechnung des Pfeffers für die Küche unterlaufen war. Nachdem der Lagerverwalter kurz über den Bestellschein geschaut hatte, fragte er trocken:
„Wie viele Gespanne hast du denn mit?"
„Wieso?"
„Na ja, die fast eineinhalb Tonnen Pfeffer passen wohl kaum in einen Wagen …"
Bei der Berechnung war dem Kollegen das Komma drei Stellen nach hinten gerutscht.

Mit der Besorgung der Verpflegung war Waldemar natürlich nicht ausgelastet. Als ein Unteroffizier des Regimentes eines natürlichen Todes starb, wurde Waldemar mit einem Kameraden zur Beerdigung abkommandiert, um einen Kranz niederzulegen. Es regnete heftig an diesem Tag, die große Schleife des Kranzes hing schlapp herunter und schleifte über die nassen Wege. Erschrocken wurde Waldemar bewusst, dass sie den Kranz falsch herum hielten, die Schleife bei den anderen Kränzen befand sich oben, nicht wie bei ihnen unten am Kranz. Er stieß seinen Kameraden an.

„Wir müssen das Ding drehen, los, rechtsrum!"
In korrekter Position legten sie ihre Last schließlich ab, der Sarg wurde feier-

lich versenkt, es gab langweilige Ansprachen, denen sie kaum zuhörten. Unerwartet für die Versammlung wurde auch Salut geschossen. Waldemar schaffte es, reglos und ohne die Miene zu verziehen, die Panikreaktion einiger Zivilisten auszuhalten. Bei den plötzlichen Schüssen warfen sich zwei zu Boden, einer suchte Schutz hinter Baustämmen und zwei Frauen kauerten sich hinter Grabsteine. Sehr verlegen kehrten sie zur Trauergemeinde zurück. Der Krieg war nicht nur als Heldentum, sondern auch als Angst immer präsent.

Am Ende der Zeremonie warf auch ein kleiner dicker Leutnant Erde auf den Sarg und salutierte zackig. Dabei rutschte er auf dem glitschigen Lehm an der Kante aus und verschwand im Grab. Nach einer Schrecksekunde ertönte ein flehentliches „Hilfe!", kurz darauf sah die Trauergemeinde ein kreidebleiches rundes Gesicht unter einem runden Stahlhelm verzweifelt zu ihnen aufblicken. Der Leutnant war auf den Sarg geklettert und seine Hände versuchten am schlammigen Rand des Grabes Halt zu finden. Die Komik dieser Situation mit dem erschrockenen Gesicht des kleinen Mannes war zu viel für Waldemar; er verließ die Gesellschaft fluchtartig, weil er sein Lachen nicht länger unterdrücken konnte. Es waren andere Kameraden, die den Leutnant retteten.

Überhaupt nicht spaßig fand Waldemar die Stunden, in denen er schwimmen lernen sollte. Zur Kriegsplanung gegen England gehörte offenbar die Vorstellung, dass die deutschen Soldaten notfalls schwimmend die feindlichen Gestade erreichen sollten. Schon zuhause in Ostpreußen hatte Waldemar sich beim Baden im See nur blamabel im Uferbereich aufhalten können, während die Freunde weit draußen im See ihren Spaß hatten.

Selbst der Wehrmacht gelang es nicht, Waldemars Überzeugung zu brechen, dass sein spezifisches Gewicht höher als das von Wasser sei und er daher aus physikalischen Gründen die Schwimmkunst nicht erlernen könne. Seinen guten Willen bewies er immer wieder, indem er sich ins Becken begab, dort versank und unter Wasser schwamm. Irgendwann hatte der Schwimmlehrer-Leutnant ein Einsehen und quälte ihn nicht weiter. Vielleicht wusste er, dass der nächste Feldzug nicht nach England, sondern Russland gehen würde.

An der russischen Front schaffte Waldemar es, keinen Schuss abgeben zu müssen; er fuhr den Wagen der Feldküche und versorgte die Kameraden mit Essen.

Oft musste die Verpflegung direkt zu den vordersten Stellungen getragen werden, zu Fuß auf dem Rücken oder im Winter mit Panje-Ponys und Schlitten über den Schnee - immer mit der Angst im Nacken, vom Gegner entdeckt und beschossen zu werden. Beim Versuch, die Wachtposten oder MG-Stellungen mit der Verpflegung zu erreichen, wusste Waldemar manches Mal nicht, ob er sich vor oder hinter der Frontlinie befand. Es kam sogar vor, dass die eigenen Leute auf ihn schossen.

Ausgerechnet Waldemar, der nicht schwimmen konnte, passierte es bei einer Verpflegungstour mit einem Kameraden, dass sie beim Überqueren eines Flusses im Faltboot vom eigenen Posten beschossen wurden. Das Faltboot wurde getroffen und Wasser lief hinein. Der Kamerad ruderte nach Kräften, das Ufer zu erreichen, Waldemar selber paddelte zusätzlich verzweifelt wild mit den Händen, um bloß nicht abzusaufen, wie er es beschrieb.

Im Winter bei hohem Schnee wurden ihm Skier ausgehändigt, damit sollte er nun die Stellungen aufsuchen und Essen bringen. Eine absurde Idee, denn Waldemar hatte keinerlei Erfahrung mit Skilaufen. Seine ungeschickten Versuche gab er bald auf und trug die Skier lieber auf den Schultern, während er durch den Tiefschnee

stapfte. Er bevorzugte Panjepferde und Schlitten, damit kannte er sich aus.

Einfacher war es, wenn die Soldaten zur nächtlichen Essensausgabe direkt zum Küchenwagen kommen konnten. Was tagsüber in großen Kesseln gekocht worden war, wurde dann eilig mit großen Kellen ins Kochgeschirr der Kameraden gefüllt. Waldemar arbeitete in solchen Situationen wie am Fließband, doch einmal stockte er kurz: Der angereichte Behälter war ihm fremd, er blickte auf, sah in das junge Gesicht eines hungrigen russischen Soldaten und füllte schnell auch das fremde Kochgeschirr. Natürlich fiel der feindliche Soldat dennoch auf und wurde gefangengenommen, aber zumindest hatte er Essen erhalten. Am nächsten Tag meldete sich Herbert M., um das Erschießen zu übernehmen. Nicht immer wurden Gefangene vorschriftsmäßig hinter die Linien zurücktransportiert.

Herbert war einer der wenigen Sadisten im Mannschaftsgrad, mit denen Waldemar zu tun hatte. Wenn sogenannte Partisanen aufgegriffen wurden, war es Herbert, der sich sofort für das Erschießungskommando meldete, er war es auch, den Waldemar dabei erwischte, als er gerade eine russische Frau in einem Kuhstall in die Ecke gedrängt hatte und an ihren Kleidern herumriss. „Mach bloß, dass du hier wegkommst! Und wag' das nie wieder! Sonst mache ich Meldung beim Chef."
Damit konnte er in dieser Situation die Vergewaltigung durch Herbert zwar verhindern, doch das war nur ein Tropfen auf dem heißen Stein.

Die Kompanie war zu dieser Zeit in einem Dorf in der Gegend von Minsk einquartiert. Es war im kalten Spätherbst und Waldemar war mit vier weiteren Kameraden auf einem kleinen Gehöft untergebracht. Ein riesiger gemauerter Ofen im Wohnraum sorgte für Wärme, die Soldaten schliefen auf der Ofenbank oder dem Fußboden, während die Familie oben auf der großen Ofenfläche lag. Die deutschen Soldaten erhoben keinen Anspruch auf diesen wärmsten Platz, denn erfahrungsgemäß waren dort besonders viele Flöhe und Wanzen.

Am Abend saßen die Soldaten mit der Familie zusammen, teilten sich mit den drei Frauen und dem alten Großvater das mitgebrachte Essen und schenkten dem alten Mann von ihren Schnapsvorräten ein. Es herrschte übermütige Stimmung, der Großvater langte beim Alkohol immer wieder zu. Am frühen Morgen wurde Waldemar vom lauten Wehklagen der ältesten Frau wach, sie hatte entdeckt, dass der Großvater während der Nacht gestorben war. Waldemar fühlte sich elendig schuldbewusst; er war überzeugt, dass der alte Mann an dem reichlich spendierten Alkohol gestorben war, und vermutlich war

es auch so. Es wurde ein armseliges Begräbnis.
Die Soldaten suchten alles zusammen, was die Bäuerin ein wenig trösten konnte, Nähnadeln und Seife waren heiß begehrt.

Bis kurz vor Moskau gelangte das Regiment mit Waldemars Kompanie. Der Vormarsch durch die Ukraine bis Tula geschah in hohem Tempo. Wenn die vorausfahrenden Geschütze ein Dorf eingenommen hatten, war die nachfolgende Abteilung, zu der Waldemar gehörte, dafür zuständig, die Orte von Barrieren und sonstigem Gerät zu räumen, mit dem sich die Einheimischen zu verteidigen versucht hatten. Für die nachrückenden Kolonnen musste unbedingt die Straße passierbar gemacht werden. Dieses war eine sehr unbeliebte Arbeit, denn die deutschen Soldaten präsentierten sich dabei als leichtes Ziel für die russische Artillerie. Die konnte ihre Geschütze in aller Ruhe auf die Feinde einstellen. Gerade noch hatte Waldemar bei einem solchen Beschuss Deckung hinter einer Böschung gefunden, als sich der Unteroffizier neben ihn auf den Boden warf. Das vom Feind abgefeuerte Geschoss traf den Unteroffizier am Gesäß, Waldemar hatte wieder einmal Glück gehabt.

Bei einer anderen Gelegenheit auf dem Vormarsch machte Waldemar sogar drei Gefangene, obwohl er unbewaffnet war und nur schnell sein Geschäft in einem Graben verrichten wollte. Die genau an dieser Stelle liegenden russischen Soldaten waren total überrumpelt, als ganz plötzlich ein Deutscher aus seinem Auto zu ihnen hinter die von Panzerketten aufgeworfene Böschung sprang. Zu Waldemars Verblüffung hoben sie sofort ihre Hände. Geistesgegenwärtig nahm er das weggeworfene russische Gewehr hoch und lieferte die wehrlosen Gefangenen ab.

In ihrem Eroberungsrausch stieß die Wehrmacht oft in leichtsinnigem Tempo durch den Westen der Sowjetunion vor. Einmal bretterte Waldemars Einheit in den frühen Morgenstunden durch ein Dorf, das sie für bereits verlassen hielten. Die Russen hatten dort sogar zwei oder drei Schützenpanzer zurückgelassen, um die würde man sich später kümmern. Tatsächlich aber hatten die deutschen Kompanien die im Dorf noch schlafende russische Einheit aufgeweckt und Waldemar geriet mit seinem Küchenwagen unter heftigen Beschuss von hinten. Die Kaffeemühle war glücklicherweise der einzige Totalverlust, den er hinnehmen musste, bevor endlich die eigenen Geschütze ganz vorne gewendet hatten und zu Hilfe kamen.

Das Thema Essen hatte stets eine hohe Bedeutung und der Feldküche wurde einiges abverlangt, insbesondere, wenn der Nachschub stockte. Fleisch zu verarbeiten, oder Wurst zu machen, war kein großes Problem für Waldemar, aber als für eine Vertretungszeit ein Kompaniechef aus Schwaben eingesetzt wurde, kam Waldemar an seine Grenzen.
„Warum macht ihr nie Spätzle? Das kann doch nicht so schwer sein! Nudeln könnt ihr schließlich auch. Ich will morgen endlich mal wieder Spätzle essen", hatte der schwäbische Chef gefordert.

Waldemar kannte keine Spätzle, sein Freund Mandus musste ihm erst erklären, was das überhaupt ist. Was dem Chef später vorgesetzt wurde, waren allerdings nur Nudeln, die Waldemar so lange gekocht hatte, bis sie zu Brei geworden waren. Seither verzichtete der Kompaniechef auf Sonderwünsche.

Kurischen Nehrung an der Ostseeküste.

Seit 1942 hatten das zähe Ringen mit den russischen Armeen und der langsame Rückzug der Deutschen begonnen. „Vorwärts, Kameraden, es geht zurück!", dieses Schlagwort kursierte unter den Mannschaften. Bis 1945 dauerten diese Rückzugsgefechte, für Waldemars Regiment endeten sie im Raum Königsberg vor der

Beim Heimaturlaub im Herbst 1942 hatte Waldemar die gerade erst siebzehnjährige Irmgard in Wanne-Eickel kennengelernt, sie hatten sich auf den ersten Blick verliebt und schrieben sich seitdem täglich Briefe. Die Feldpost funktionierte erstaunlich gut. Im Sommer 1943 kam er zur Verlobung heim und hatte einige Wochen später noch einmal die Gelegenheit, seine Irmgard zu treffen, als er mit seinem Fahrzeug zur Instandsetzung nach Thüringen beordert wurde. Ab 1944 wurde allerdings eine Urlaubssperre verhängt, es war fast ein Wunder, dass völlig überraschend Waldemars Gesuch um Hochzeitsurlaub dann doch noch für den Januar genehmigt wurde.

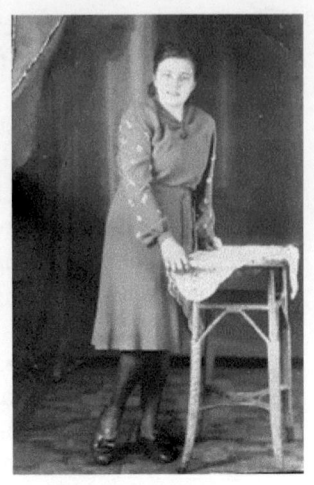

Bei der Hochzeit im Ruhrgebiet erlebte Waldemar hautnah die Ängste der Bombennächte und die schlechte Versorgung der Zivilbevölkerung. Die Hilflosigkeit und das Ausgeliefertsein daheim empfand er als genauso schlimm wie die Verhältnisse an der russischen Front. Unter schweren Sorgen trennte sich das frisch verheiratete Paar, beiden war klar, wie gering ihre Chancen auf ein gemeinsames Leben waren. Beim Abschied am Bahnhof wussten sie noch nicht, dass Irmgards großer Wunsch, schwanger zu werden, in Erfüllung gegangen war. Wie besessen klammerte sich die junge Frau an die Hoffnung, mit einem Kind von Waldemar für immer einen Teil von ihm behalten zu können.

Zurück in Russland, musste Waldemar erleben, wie sein Freund Mandus W. elendiglich an einem qualvollen Bauchschuss starb. Zwar gab es ständig dieses furchtbare Sterben auf beiden Seiten, doch Mandus war derjenige gewesen, mit dem Waldemar ohne Angst vor Verrat seine Bedenken und Sorgen zum Krieg teilen konnte. Kurz darauf wurde nur einige Meter von Waldemar entfernt ein anderer Kamerad in seinem Schützenloch von einem russischen Panzer zermahlen.

Das Schicksal kannte weder Logik noch Erbarmen. Waldemar schrieb es dem Segen seines Gottes zu, dass er unverletzt davon kam, obwohl sein Fahrzeug mit der Feldküche schwer beschossen wurde. Ein übler Schreck fuhr ihm durch die Glieder, als er nach einem Angriff aus der Deckung unter dem Auto hervorkam und die Feldküche aussah, als hätte dort eine Granate einen Menschen zerrissen. Es war aber nur der Kessel mit der Blutwurst getroffen worden.

Die gelegentlich verliehenen kleinen Orden und Abzeichen bedeuteten Waldemar nicht viel, von den Landsern wurde eines der Abzeichen abfällig als „Gefrierfleischorden" bezeichnet. Viel wichtiger war es ihm, in die Welt des Schreibens flüchten zu können. In seinen sehr zahlreichen Briefen an Irmgard erzählte er von seiner Liebe und seinen Plänen für ein friedliches Leben nach dem Krieg. In Wirklichkeit war er jedoch keineswegs davon überzeugt, dass er lebend und heil nach Hause kommen würde.

Beim Hochzeitsurlaub hatte er heimlich diesen Eintrag im Poesiealbum seiner jungen Frau hinterlassen:
„Meine liebe Irmi, ich wünsche dir auf deinem Lebensweg nur alles Gute und hoffe, dass dich diese Zeilen an den erinnern, der dich immer lieb hat, auch wenn ich mal nicht mehr sein werde. Dein Waldemar."
Als Irmgard Wochen später diese Worte auf der vorletzten Seite des Albums fand, wollten ihre Tränen kaum versiegen.

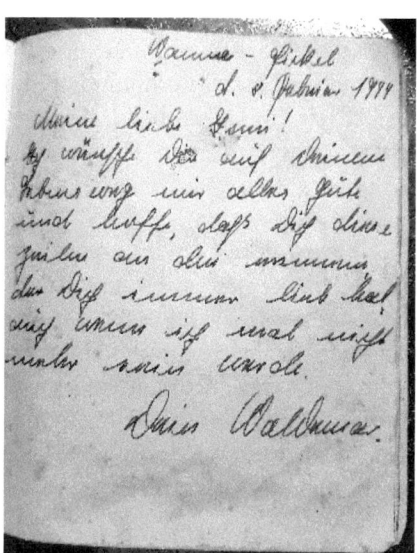

Auf dem Flüchtlingsschiff

Waldemar war auf einem der letzten Schiffe, die noch heil von Pillau über die Ostsee bis nach Swinemünde gelangten. Die Gustloff, die einen Tag später nochmals massenhaft Flüchtlinge nach Westen bringen sollte, gehörte zu den Schiffen, die ihren Hafen nicht mehr erreichten.

„Fertig machen. Wer laufen kann, marschiert zum Kinderheim, wir evakuieren die Kinder nach Westen. Ihr bringt sie zum Hafen und dann aufs Schiff!", lautete der Befehl des kommandierenden Arztes Ende Januar 1945 im Lazarett in Rauschen. Im Dezember 1944 war Waldemar nach einer Notoperation wegen eines aufgebrochenen Blinddarms hierher verlegt worden, während seine Kompanie sich kämpfend auf dem Rückzug befand.

Die Infektion der Operationsnarbe wollte bei Waldemar nicht heilen, heftige Fieberschübe hatten ihn geschwächt, aber er konnte laufen und jene Kameraden stützen, die viel stärker eingeschränkt waren. Die Evakuierungsaktion trug den absurden Namen Hannibal. Die Verhältnisse im Hafen waren unbeschreiblich desolat. Waldemars Schiff, das den Namen einer deutschen Stadt trug, erschien ihm schon hoffnungslos überfüllt, als sie den Anleger erreichten. Doch weitere Menschenmengen flüchtender Zivilbevölkerung drängten nach, viele evakuierte Kinder aus den KdF-Landverschickungsheimen irrten umher.

Mehr als hundert Kleinkinder hatten sie aus den Heimen geholt. Die Kinder trugen lediglich Namensschilder aus Papier an einem Faden um den Hals, die in dem unvorstellbaren Chaos, dem Gedränge und der Not auf dem überfüllten Schiff schnell verloren gingen. Wer von den verletzten Soldaten irgendwie dazu imstande war, trug Babys, Kleinkinder und verwundete Kameraden hinauf oder unterstützte hilfsbedürftige Alte. Alle Landser versuchten zu helfen, bemühten sich, Ordnung zu schaffen und die chaotischen Verhältnisse einzudämmen.

Ihre Waffen hatten sie vor Betreten des Schiffes abgeben müssen; dieser Anordnung war Waldemar sehr gerne nachgekommen. Bei der Ausfahrt des Schiffes mussten sehr viele verzweifelte Flüchtlinge im Hafen zurückbleiben, ihnen blieb nur, auf das nächste Schiff zu hoffen. Doch für die meisten wurde diese Hoffnung zur Tragödie des Untergangs mit der Gustloff.

Für das Schiff, auf dem sich Waldemar mit seinen Kameraden und all den zivilen Flüchtlingen befand, wurde es eine raue Fahrt. Verzweiflung, Elend und Angst fuhren mit. Waldemar schleppte Eimer mit Erbsensuppe aus der Kombüse hoch und versorgte die Flüchtenden, Rote-Kreuz-Schwestern kümmerten sich um die Kranken. Als ein russisches U-Boot herankam, wurden die Maschinen des Flüchtlingstransporters und seiner Begleitschiffe gestoppt, um möglichst kein hörbares Ziel für den Feind abzugeben. Unter den Flüchtlingen auf dem freien Oberdeck drohte Panik auszubrechen. Es war anstrengend, die Menschen halbwegs zu beruhigen und für Ordnung zu sorgen. Nur für kurze Momente konnte sich Waldemar an seinem Platz auf der fünften Stufe der Treppe zwischen Deck drei und Deck vier ausruhen.

Die Bilder vom Elend der Menschen auf dem Schiff, von den verstörten, angstvoll weinenden Kindergesichtern und den verzweifelt im Hafen Zurückgebliebenen konnte Waldemar bis zum Lebensende nicht auslöschen. Bei der Flucht übers Meer war er fünfundzwanzig Jahre alt.

Abstecher

Von Warnemünde reiste Waldemar mit dem Zug ins Lazarett nach Cuxhaven. Dort wurde er bald entlassen und sollte sich in Sondershausen in Thüringen zur Genesungskompanie melden. Der Marschbefehl für die Bahnfahrt erlaubte keine Umwege, doch er beschloss, einen Abstecher nach Detmold zu wagen, um seine junge Frau und den neugeborenen Sohn zu sehen. Im Zug gab es als Verpflegung für die Soldaten Roggensuppe, viele „Kettenhunde" waren unterwegs – so wurden die Feldjäger genannt –, die ständig kontrollierten, ob sich womöglich ein Soldat von der Truppe verabschieden wollte. Obwohl Waldemar in Osnabrück nicht den direkten Zug genommen hatte, überstand er die erste Kontrolle noch, eifrig über seine Roggensuppe gebeugt. In Altenbeken jedoch, wo er nach Detmold umsteigen musste, wurde ihm von einem „Kettenhund" an der Sperre der Marschbefehl weggenommen, alles Diskutieren nützte nichts. Waldemar musste zum Kommandeur auf die Wachstube, damit dort geprüft würde, ob er ein Deserteur wäre.

Als plötzlich Fliegeralarm ertönte, stieß der Feldjäger Waldemar ins Dienstgebäude und verschwand eilig. Kaum hatte Waldemar geklopft und die Wachstube betreten, um Meldung zu machen, fielen draußen die Bomben. Der diensthabende Offizier hechtete mit einem Satz unter seinen Schreibtisch und starrte Waldemar mit angstgeweiteten Augen von dort unten an. Es war kein schwerer Angriff, sondern das übliche Abwerfen restlicher Bomben, wenn die feindlichen Flieger auf dem Rückflug zu ihren Luftwaffenbasen waren. Der kritische Moment am Bahnhof Altenbeken war daher schnell vorbei. Waldemar war ungerührt stehen geblieben und grüßte vorschriftsmäßig. Nach einer Weile kroch der Offizier unter dem Schreibtisch hervor, überflog mit schamrotem Kopf den Marschbefehl, setzte hastig seine Unterschrift darauf und gab Waldemar das Papier zurück.

„Wer hätte gedacht, dass ein Bombenangriff tatsächlich mal was Gutes haben könnte", dachte er sich nur. Erleichtert bestieg er den nächsten Zug nach Detmold.

Als seine Irmgard im Hochzeitsurlaub vor knapp einem Jahr schwanger geworden war, hatte er dafür gesorgt, dass sie das ständig bombardierte Ruhrgebiet verließ und im sicheren Detmold bei seiner Tante aufgenommen wurde. Aber jetzt würden garantiert auch dort die verhassten Kettenhunde den Bahnhof kontrollieren. Waldemar erinnerte sich daran, dass er als Kind mit seinem Vater schon einmal die Tante besucht hatte, bei der heute seine Frau und ihr Baby wohnten. Damals, bei dem Besuch in seiner Kindheit, waren sie an einem kleinen Bahnhof kurz vor der Stadt ausgestiegen und mit der Straßenbahn ins Zentrum gefahren. Er beschloss, auch heute dort den Zug zu verlassen und er hatte Glück. Alles war noch genau so, wie er gehofft hatte, und am winzigen Bahnhof Remmighausen gab es keine Feldjäger. Sogar die Straßenbahn fuhr noch.

Kurz darauf konnte er seine Frau und das Kind in die Arme nehmen. Er gönnte sich nur wenige Stunden mit der neuen Familie. In den ganz frühen Morgenstunden des nächsten Tages begleitete ihn Irmgard zurück zum kleinen Bahnhof vor der Stadt, und ab dort gehorchte Waldemar wieder dem Marschbefehl zur Kaserne beim Truppenübungsplatz Sondershausen in Thüringen.

Junge Frau mit Baby

Seit dieser Stippvisite Anfang Februar hatte Irmgard nichts mehr von Waldemar gehört und machte sich große Sorgen. Das Kind erschien ihr das Einzige, was ihr von Waldemar geblieben war, sie wollte es mit allen Mitteln schützen. Inzwischen gab es auch in der bislang sicheren westfälischen Residenzstadt häufig Fliegeralarm, wenn die Bomber nach Kassel oder Würzburg das Land überflogen. Dann nahm sie ihr Baby und rannte mit dem Kinderwagen los. Sie war noch stark traumatisiert von ihren Erfahrungen im Ruhrgebiet, das Heulen der Sirenen löste jedes Mal wieder Todesangst in Irmgard aus.

Die Schutzräume unter dem nahe gelegenen Gymnasium waren meistens überfüllt und sie gewöhnte sich an, in den Palais-Park am Stadtrand zu flüchten oder auf den höher gelegenen Königsberg, weil sie dachte, dass diese Orte keine Ziele für Bomben sein würden. Aber manchmal wurden die Menschen am Boden von Tieffliegern gejagt und beschossen. In Panik suchte sie dann die nächste Deckung auf. Einmal stürzte sie sich in letzter Sekunde samt Kinderwagen eine Kellertreppe des Palais-Gebäudes hinunter. Sie verstauchte sich dabei zwar böse ihren Knöchel, doch dem Baby war nichts passiert.

Anfang April kamen die Amerikaner in die Stadt und das Hotel der Tante wurde zu einem Offiziers- und Meldequartier. Irmgard konnte zunächst mit dem Baby weiterhin in dem kleinen Zimmer oben wohnen, aber sie bemühte sich intensiv um eine andere Unterkunft, weil die Türen und Fenster wegen der vielen dicken Kabel, die überall verlegt waren, nicht zu verschließen waren.

Eines Nachmittags hatte sie gerade ihren Sohn gestillt und ins Bett zurückgelegt, als einer der einquartierten Amerikaner betrunken ins Zimmer gewankt kam. Er sah sich um, sah auf das Kind und auf Irmgard, die fast gelähmt war vor Angst. Sie war nicht imstande zu verhindern, dass der fremde Mann ihren

Sohn aus dem Bett und in seine Arme nahm. Obwohl sie nie Englisch gelernt hatte, verstand sie, was der Mann fragte.

„Liebst du dein Baby?"
„Ja, sehr."
Der fremde Soldat schaute sich das Hochzeitsbild an, das gerahmt auf dem Nachttischchen stand. „Dein Mann?" fragte er auf Englisch und Irmgard nickte.
„Liebst du deinen Mann?", wollte der Fremde nun wissen.
„Ja", antwortete sie ängstlich.
Schließlich fragte er, ob Irmgard auch ihn lieben würde. Sie streckte abwehrend die Hände aus und schüttelte heftig den Kopf.
„No! No!"
Soviel Englisch konnte sogar sie.

Mit ihrem Kind auf dem Arm torkelte der Amerikaner nun an das offen stehende Fenster und schaukelte das Baby. Die Fensteröffnung begann knapp über dem Fußboden, der Mann konnte jeden Moment den Halt verlieren und ihr Kind würde hinausstürzen. In diesen Minuten durchlitt Irmgard die schlimmste Angst ihres Lebens. Dann sah sie, wie die neugierige Großnichte des Onkels, die kleine Frieda, ihren Kopf ins Zimmer steckte. Irmgard rief ihr zu:
„Hol schnell den Onkel, hol den Onkel!"
Sie wusste, dass Onkel Fritz bei seiner früheren Arbeit auf Kreuzfahrtschiffen Englisch gelernt hatte.

Die zehnjährige Frieda verschwand daraufhin, doch der fremde Mann wirkte verärgert und Irmgard schien es ewig zu dauern, bis die schweren Schritte des Onkels endlich auf der nackten Holztreppe zu hören waren. Er blieb in der Tür stehen, schaute sich die Situation im Zimmer an und sagte freundlich etwas zu dem Amerikaner, was Irmgard nicht verstehen konnte. Sofort danach verschwand er aber auch schon wieder. Irmgard fühlte sich erbärmlich im Stich gelassen, doch dann dauerte es nicht mehr lange, bis der Fremde ihr das Kind zurückgab und wieder nach unten ging. Nichts Schlimmes war passiert.

Nur wenige Tage später, gegen Ende April, kam die kleine Frieda abends zu Irmgard ins Zimmer geschlichen und flüsterte aufgeregt, dass Waldemar zwei Häuser weiter bei einer Cousine sei und dort auf sie warten würde. Irmgard konnte das kaum glauben, denn der Krieg war noch nicht zu Ende, auch herrschte Ausgangssperre ab 18 Uhr, doch sie huschte durch die Gärten zum Haus der Cousine ihres Mannes. Waldemar war wirklich angekommen!

Fast vier Wochen zuvor hatte er sich mit einer Gruppe von zehn Kameraden aus seiner Genesungskompanie auf den Weg nach Hause gemacht. Sie wussten schon lange, dass der Krieg verloren war, und als der Chef ihrer Einheit in Thüringen sogar begann, sich mit Material der Wehrmacht ein Haus zu bauen und dafür die Soldaten arbeiten ließ, da siegte das Heimweh und der nüchterne Verstand in den Männern über jeden militärischen Drill. Unter hohem Risiko machten sie sich zu Fuß auf den Heimweg. Ihnen war klar, welche Gefahr ihnen drohte, wenn sie als Deserteure entdeckt würden. Also wollten sie weder fanatischen deutschen Soldaten noch den heranrückenden Amerikanern in die Arme laufen, gleichzeitig konnten sie nie sicher sein, ob nicht ein Zivilist sie verraten würde. Aber nun hatte Waldemar den Weg zu Irmgard geschafft und sie konnte an diesem Abend ihren Mann körperlich unversehrt in den Armen halten.

Doch schon bald nach der ersten Seligkeit des Wiedersehens kroch die Angst in ihnen hoch, dass jemand ihn denunzieren könnte, schließlich galt Waldemar offiziell als ein Deserteur. Unmöglich konnte er in das Haus seines Onkels kommen, wo erst amerikanische und danach britische Offiziere einquartiert worden waren. Darum machte er sich nach zwei Tagen mit einem armseligen Fahrrad auf den Weg ins Ruhrgebiet, in der Hoffnung, dort beim Schwiegervater oder in der Wohnung seiner Mutter untertauchen zu können.

Zur gleichen Zeit bekam Irmgard als neue Bleibe eine Dachkammer in einem kleinen Wohnhaus zugewiesen. Ein paar Tage zuvor hatte ihre jüngste Schwester ebenfalls in Detmold bei Onkel Fritz Unterschlupf gefunden, und so zog Irmgard Ende April 1945 in ihre erste eigene „Wohnung", in der es weder einen Wasseranschluss noch Gas zum Kochen gab. Sie hätte es nicht ertragen, jetzt noch ihren Mann durch Gefangenschaft zu verlieren, daher zog sie gerne ohne ihn um, jedoch mit Baby im Kinderwagen und der kleinen Schwester neben sich, die den Bollerwagen mit den Habseligkeiten zog. Erst gegen Ende Mai und nach dem offiziellen Kriegsende schaffte es Waldemar zu ihr zurück, sein kleiner Bruder Kurt begleitete ihn. Schlimmer als im Ruhrgebiet könnte die Versorgungslage in der ländlichen Umgebung Detmolds nicht sein, hoffte Waldemar.

Deserteur

Der hatte doch tatsächlich einen Bagger aufgetrieben! Eine Baugrube sollten sie damit für den Major ausheben und ein Wohnhaus für ihn bauen. Jetzt, wo die Wehrmacht sich an allen Fronten auflöste und die Amerikaner schon am Niederrhein nach Deutschland einmarschiert waren!

Waldemar saß auf seiner Pritsche in einer Baracke auf dem großen Truppenübungsplatz in Thüringen und zog sich die Arbeitsstiefel an. Nachdenklich schaute er zu Walter und dem Dicken hinüber, die sich ebenfalls für das neue Kommando des Chefs zurecht machten. Eine halbe Stunde zuvor hatte der Vorgesetzte die Genesungskompanie antreten lassen und gekläfft: „Wer ist Maurer oder Zimmermann? Melden!"
Waldemar zögerte noch, doch Walter trat schnell vor. Als der Major anschließend fragte, wer eine Lok fahren könne, meldete sich auch Waldemar und trat nach vorne. Der Dicke hatte nun ebenfalls kapiert und behauptete, schon mal einen Bagger bedient zu haben. Wer sich hier für das private Arbeitskommando des Offiziers meldete, würde vermutlich nicht an eine der zerbröselnden Fronten zurückgeschickt werden, dachten sie.

Waldemar war schon am ersten Kriegstag beim Überfall auf Polen dabei gewesen und bereits seit jenem Tag hatte er mehr als genug von diesem wahnsinnigen Krieg. In den ersten Tagen in Polen hatte er festgestellt, dass er nicht imstande war, auf Menschen zu schießen, obwohl er doch die Kordel der besten Schützen trug. Er war zusammen mit den anderen bei einem Angriff durch Dickicht und Wald gerannt, doch dann tauchte dieser uniformierte, bewaffnete Pole vor ihm auf, nicht älter als er selbst mit seinen neunzehn Jahren. Sie starten sich aus ungefähr zehn Metern Entfernung an und dann senkten beide ihr Gewehr und wandten sich ab. Angst? Ja, Waldemar hatte in dieser Situation riesige Angst gehabt, genauso wie sein Gegenüber.

Die Kriegsjahre an den verschiedenen Fronten hatte er als Fahrer der Feldküche, als Essensträger für die Versorgung der Stellungen und als Fourier oder als Koch überlebt. Das war, nachdem der richtige Koch, sein Freund Mandus, nach einem Bauchschuss unter entsetzlichen Schmerzen gestorben war. Waldemar hatte Glück gehabt, eine Munitionskiste hatte ihn geschützt. Oft genug war es eng geworden und sein Fahrzeug mit der Küche wurde mehrfach getroffen.

In einem Heimaturlaub hatte er seine Frau kennengelernt, sich verlobt und vor vierzehn Monaten geheiratet. Zu Weihnachten hatte ihn der letzte Brief seiner jungen Frau erreicht mit einem Foto und der Geburtsurkunde des im November geborenen Sohnes.

Jetzt, in der Baracke, fasste er den Entschluss, dass es ihm reichte, dass er genug ausgehalten hatte, dass er nur noch nach Hause wollte. Militärischer Drill und Angst vor Strafe wirkten nicht mehr. Er hatte die Nase voll.
„Ich werde hier nicht darauf warten, in Gefangenschaft zu gehen, nur weil wir für den Kommandierenden das Haus bauen sollen", sagte Waldemar in die Stille des Raumes. Dabei beobachtete er seine Kameraden, die ihn gespannt ansahen. „Wollt Ihr denn noch weitermachen?" Walter und der Dicke wollten auch nicht mehr. Im Laufe des Tages bildete sich eine Gruppe von zehn Männern, die entschlossen waren, sich auf den Heimweg zu machen.

Dann ging alles ganz schnell. Gerade noch war ein Haufen seiner gesunden Kameraden mit Marschbefehl Ungarn aufgebrochen, da wurde berichtet, dass erste gepanzerte Fahrzeuge der Amerikaner aufgetaucht wären. Die Befehle der Vorgesetzten widersprachen sich: Mal sollten die Männer Stellungen bauen, um die Amerikaner aufzuhalten und wurden dafür mit russischen Maschinengewehren ausgerüstet, dann wieder gab es unsinnige Marschbefehle; es war ein heilloses Durcheinander zwischen den zerstreuten Haufen der Soldaten. Gestern noch waren Waldemar und der Dicke zum Dienst an einem Maschinengewehr-Nest abkommandiert worden und hatten sich blamiert, weil sie die Munitionsketten wegen fehlender Einweisung falsch herum eingelegt hatten. Beide hatten keinerlei Erfahrung mit MG-Stellungen. Am späten Nachmittag fragte ein Oberleutnant nach Waffen. Walter, Waldemar und der Dicke gaben ihm gerne ihre Gewehre ab.

Als es dunkel wurde, machten sich zehn Männer als geschlossene Gruppe auf den Weg, suchten Deckung im Wald oben am Berg. Dort stießen sie nach drei

Stunden Marsch auf verlassene Fahrzeuge einer Sanitätskompanie. Aus dem Verpflegungswagen stopften sie sich ihre großen Militärtaschen voll mit Lebensmitteln und Traubenzuckerpäckchen. Als Angehörige einer motorisierten Abteilung hatten sie keine Rucksäcke, sondern nur unhandliche, große Taschen zur Verfügung.

Ende März waren die Nachtstunden im Wald noch sehr kalt, daher liefen sie im Morgengrauen bereits weiter. Rechtzeitig sahen sie unten an einem Bachlauf einen übereifrigen Offizier, der eine Art provisorischen Gefechtsstand hielt – ihm wollten sie nicht in die Arme laufen. Nachmittags hörten sie Panzer rollen und Ernst, der bis ins Rheinland wollte, schlich sich näher an die Straße, um die Situation auszukundschaften. Er berichtete, dass amerikanische gepanzerte Fahrzeuge unterwegs waren. Vorne auf den ersten Panzer hatten die Amis den eifrigen Kampfkommandanten des lächerlichen Gefechtsstandes gesetzt, um nicht von deutschen Heckenschützen beschossen zu werden. Diesen Anblick wollten auch die anderen sich nicht entgehen lassen.

Die Landstraße, die aus dem kleinen Dorf unten im Tal herausführte, machte einen Schwenk und verlief westlich unterhalb des Buchenwaldes, in dem die Männer sich voran bewegten. Sie wagten sich auf einem zugewachsenen Feldweg hinunter zur Straße, dort nahmen sie Deckung in Sandlöchern unter einem Gebüsch, um einen Blick auf die Amerikaner zu werfen und den deutschen Offizier vorn auf dem feindlichen Panzer. Sie hörten die herankommenden Motoren und dann bekamen sie mehr von den Amerikanern zu sehen, als ihnen lieb war, denn die kleine Kolonne hielt genau an dieser Stelle für eine Pinkelpause an. Bewegungslos kauerten die Männer in ihren Verstecken und Arthur hatte das Pech, von einem Urinstrahl getroffen zu werden, was später, als die Siegerkolonne weitergefahren war, für ein befreiendes Lachen der anderen sorgte.

„Das war knapp", meinte Waldemar, „wir sollten lieber unsere Wehrmachtspapiere loswerden, und Zivilkleidung brauchen wir auch, sonst halten uns die Amis womöglich für einen kämpfenden Haufen."
Sie warfen ihre Soldbücher und alles, was auf die Wehrmacht hindeutete, auf ein Stück Gasplane, wickelten den Stapel sorgfältig ein und vergruben das Päckchen unter einer auffälligen Buche mit geteiltem Stamm. Man konnte ja nie wissen. Jupp hatte darauf hingewiesen, dass es besser wäre, die Kennmarken zu behalten für den Notfall, falls sie einmal beweisen müssten, dass sie

keine SS-Männer waren. Ansonsten bewahrte Waldemar nur die Geburtsurkunde seines Sohnes und ein Foto seiner Frau auf.

Danach teilte sich die Gruppe auf, fünf von ihnen mussten weiter Richtung Süden nach Sachsen und Bayern, Waldemar und vier weitere Männer wollten nach Nordwesten. Adressen wurden ausgetauscht, Versprechungen gemacht und gute Wünsche geäußert.

Waldemars Gruppe musste die Straße im Tal überqueren und zunächst über freies Feld laufen. Weil es sich dort bequemer laufen ließ, folgten sie der Straße eine Weile, doch bald hörten sie Stimmen und flüchteten Deckung suchend hinter ein Schwarzdorngesträuch am Straßengraben, die dornigen Ranken kratzten selbst durch die Kleidung. Waldemar hörte, dass polnisch gesprochen wurde. Vier junge Männer, vermutlich befreite polnische Zwangsarbeiter, kamen die Straße entlang. Die fünf Deutschen blieben in ihren Verstecken, denn sie wollten nicht als Deserteure in der nächsten Kommandantur gemeldet werden. Danach zogen sie sich wieder in den Wald zurück, der zwar noch ohne Laub war, aber doch einen besseren Sichtschutz bot.

„Wo kommt Ihr her? Welche Kompanie?"
Sie fuhren zusammen – hinter einem Haufen Altholz war ein deutscher Soldat im Offiziersrang hervorgetreten und hielt sein Gewehr auf sie gerichtet. Die Männer erklärten, dass sie versprengt seien und nun ihren Haufen suchen würden. Der Offizier, der hier noch den Helden spielte, brachte sie zu seiner winzigen Truppe, die sich tiefer im Wald versteckt hatte und ein Lagerfeuer unterhielt. Die fünf Frontsoldaten erkannten schnell, dass es sich bei den hier versammelten Offizieren um sogenannte Etappenhengste handelte, die lediglich als Zahlmeister oder in anderen verwaltenden Funktionen bequem den Krieg in der Heimat verbracht hatten. Ausgerechnet jetzt wollten die noch das Vaterland verteidigen und freuten sich über Verstärkung durch erfahrene Frontsoldaten.

Waldemar und seine Kameraden nahmen von der angebotenen Suppe, aber ohne Worte waren sie sich einig, diesen Trupp von hilflosen Fanatikern noch in der gleichen Nacht zu verlassen. Als die anderen schliefen, schlichen sie sich davon. Sie überlegten, wie sie an die dringend benötigte Zivilkleidung kommen könnten.

Im Morgengrauen erspähten sie in südlicher Richtung einen einsam gelegenen Bauernhof unten am Berghang und beschlossen, dort um Informationen und Kleidung zu bitten. Arthur und Waldemar gingen hinunter, doch auf dem Hof brach fast Panik aus, als sie herankamen. Die Angst vor den Amerikanern war riesig, keinesfalls wollte man hier mit deutschen Soldaten entdeckt werden. „Haut bloß ab! Verschwindet zur Kommandantur!"

„Aber wir wollen nichts von Euch, nur ein paar Säcke für unsere Sachen, Ihr werdet doch wohl noch irgendwelche alten Kartoffelsäcke für uns übrig haben!"

Waldemar nutzte die Angst der Hofbewohner aus, die schleunigst die deutschen Soldaten loswerden wollten und bekam schließlich fünf Säcke ausgehändigt. Von jetzt an trugen sie ihre Vorräte nur noch in den einfachen Säcken, die sie über die Schulter auf den Rücken warfen. Sie hofften, dadurch weniger als Soldaten aufzufallen und zumindest nicht als Kämpfer angesehen zu werden.

Andere Begegnungen verliefen freundlicher. Sie trafen eine Frau, deren Sprache die Herkunft aus dem Ruhrgebiet verriet, sie war sehr hilfsbereit, erzählte, in welchen Orten schon die Amerikaner waren und zeigte ihnen einen Heuschober, in dem sie schlafen konnten. Sie hielt ihr Versprechen, gegen Abend Zivilkleidung zu bringen. Viel hatte sie nicht auftreiben können, doch für Waldemar war ein blauer Overall dabei, die anderen bekamen alte Arbeitshosen. Jupp und Arthur setzten sich Schiebermützen dazu auf. Die illegalen Heimkehrer waren der Frau sehr dankbar, gaben ihr vom Traubenzucker ab und erklärten genau, wo sie den verlassenen Verpflegungswagen der Sanitätskompanie mit weiteren Vorräten finden könnte.

Als langjährige Soldaten wussten sich die Männer vorsichtig zu verhalten, Deckung zu nutzen und hatten ein Gespür für kritische Geländestellen, wo mit amerikanischen Posten zu rechnen war. Sie marschierten nachts, nachdem sie vorher bei Tageslicht das Gelände geprüft hatten. Oft hatten sie einfach Glück, wenn entlegene Außenposten in der Dunkelheit nicht mehr besetzt waren und sie dann über eine Brücke die kleinen Flüsse passieren konnten. Tagsüber ruhten sie sich aus, unter Laub und Zweigen versteckt. In ihrer Notgemeinschaft begannen sie, sich einzelne Erlebnisse aus vergangenen Einsätzen zu erzählen, doch jeder trug furchtbare Bilder in sich, die er nicht in Worte fassen und über die Lippen bringen konnte. In den kurzen Pausen unruhigen Schlafes sah

Waldemar immer wieder die Szene, als Willi knapp neben ihm in seinem hastig ausgehobenen Loch von einem russischen Panzer überrollt wurde, das Entsetzen dieses Erlebnisses konnte er nicht abschütteln.

Manchmal trafen sie Einheimische, die bereit waren, frische Wurst und Brot gegen ihre Wehrmachtskonserven zu tauschen und nach und nach konnten sie auch jegliche Wehrmachtskleidung komplett durch Zivilkleidung ersetzen. Sie merkten, dass sie nicht die Einzigen waren, die sich von ihren Militäreinheiten selbstständig verabschiedet hatten und in mehr oder weniger origineller Verkleidung versuchten, nach Hause zu gelangen. So begegneten sie mit belustigtem Respekt auch drei fremden Kameraden, die sich mit Zylindern und Trauerkranz ausgestattet den Anschein gaben, zu einer Beerdigung unterwegs zu sein. Irgendein undefinierbares Erkennungszeichen, das nur die Landser lesen konnten, verriet sie immer gegenseitig.

An einem Sonntag, kurz bevor sie die obere Weser erreichten, schlossen sie sich für ein paar Stunden einer Hochzeitsgesellschaft an, die, abgesehen vom Bräutigam und wenigen anderen alten Männern, fast nur aus Frauen bestand. Diese Frauen warnten die Deserteure.
„Ihr müsst aufpassen, hier laufen überall Franzosen rum, das sind ehemalige Zwangsarbeiter. Es ist schon viel passiert …"
Sie zeigten ihnen eine Feldscheune oberhalb eines besetzten Dorfes.
„Da oben sind die Amis und Franzosen schon gewesen, dort müsste es jetzt sicher sein."

Drei Nächte erholten sich die Männer ungestört in der Feldscheune, trugen ihre bruchstückhaften Informationen zusammen und versuchten, sich daraus ein Bild der Lage in Deutschland zu machen. Was vorher nur eine oft verdrängte Ahnung gewesen war, wurde zur Gewissheit: Sie hatten einem verbrecherischen Regime gedient. Von den Siegern und Befreiten konnten sie nichts Gutes erwarten. Zuallererst jedoch wollten sie heim zu ihren Familien.

In der Nähe von Schloss Corvey trennten sich Ernst und Walter von den restlichen drei, sie mussten weiter nordwärts, nach Hamburg und Schleswig-Holstein, während Waldemar, Arthur und Jupp die Weser nach Westen überqueren wollten. Sie fanden zwar die Anlegestelle einer kleinen Personenfähre, doch der Kahn lag am anderen Ufer. Ihre Sorgen schienen sich aufzulösen, als drüben ein Mann auftauchte, der sich mit der Fähre auszukennen schien, sie zügig in Gang setzte und zu ihnen hinüberkam. Angst hatten sie vor ihm nicht, denn es war wieder das unbekannte Erkennungszeichen, das ihnen verriet: Hier war ein Soldat auf dem Heimweg. Er hatte es sehr eilig, wollte ihnen nicht einmal zeigen, wie die Fähre zu bedienen sei, sondern nur schnell weiter. Also mühte sich Waldemar mit den Ketten ab und es gelang ihnen schließlich, den Kahn auf die andere Seite zu bringen.

Vor Beverungen wäre Waldemar fast von einer Truppe befreiter russischer Kriegsgefangener entdeckt worden, als er einen Hof erreichen wollte, um dort an Informationen zu kommen. Bestürzt und ohne Ergebnis kehrte er schnell zu seinen Kameraden zurück. Die Besiedlung der Landschaft wurde immer dichter, die Situation der Deserteure entsprechend brenzliger. Zwei Stunden später wurden sie von einem mit Maschinengewehr bewaffneten französischen Hilfssoldaten der Amerikaner gestoppt. Der Franzose durchsuchte sie, fand Waldemars Mundharmonika und steckte sie ein. Danach mussten die drei Deutschen vor dem Hilfssoldaten herlaufen, während der mit seiner MP auf dem Fahrrad hinter ihnen fuhr. Eine Weile lang überlegten Waldemar, Arthur und Jupp ernsthaft, den Mann mit dem Fahrrad einfach umzuwerfen und zu entwaffnen, entschieden sich jedoch dagegen.

Sie wurden zu einem Herrenhaus mit großem Park gebracht, hier waren zivile Parteifunktionäre eingesperrt worden. Vor einem alten amerikanischen Feldwebel bezeichnete der französische Soldat seine Gefangenen dort als potentielle feindliche Kämpfer und Heckenschützen. Anschließend hörte der Amerikaner sich auch die verzweifelt erfundene Geschichte von Waldemar, Jupp und Arthur an, die sich als ehemalige deutsche Zwangsarbeiter einer Munitionsfabrik ausgaben. Er ließ den Männern Essen geben und kündigte eine Entscheidung für den nächsten Tag beim amerikanischen Ortskommandanten an. Die größte Sorge der Männer war, wieder zurück über die Weser gebracht zu werden, doch die Fahrt mit einem kleinen LKW unter feindseliger französischer Bewachung ging nach Beverungen zu einer Villa in einem großen Garten, wo das Zelt einer Sanitätskompanie aufgebaut war. Dort verbrachten sie die Nacht und einigten sich darauf, dass beim Verhör am nächsten Morgen nur einer von ihnen sprechen solle, damit sie sich nicht in Widersprüche verstricken würden.

Ein gutmütiger amerikanischer Unteroffizier, der perfekt deutsch mit Ruhrgebietsdialekt sprach, begleitete sie zum Kommandanten. Wahrscheinlich hatte dieser berechtigte Zweifel an der Geschichte der Deutschen, doch sie wurden als harmlos betrachtet und freigelassen. Der Wunsch nach einem Passierschein für ihren Heimweg wurde ihnen allerdings nicht erfüllt; der Unteroffizier äußerte lediglich, dass es doch sicher noch Deutsche gebe, die sie aufnehmen würden. Waldemar versuchte dann, im Beverunger Rathaus irgendein ziviles Identifikationspapier zu erlangen, doch er konnte sich nicht ausweisen und die Geburtsurkunde seines Sohnes wurde dafür nicht anerkannt. Also musste es heimlich und zu Fuß weitergehen.

Weil ihnen selbst die Feldscheunen nicht mehr sicher erschienen, suchten sie Strohschober, gruben und kratzten sich Löcher als Unterschlupf für den Tag hinein. Eines Abends, als sie sich eben wieder auf den Weg machen wollten, erschraken sie über die Geräusche von Schritten, jemand schien um den Strohschober herumzuschleichen. Sie befürchteten, dass befreite Kriegsgefangene oder Zwangsarbeiter sie entdeckt hätten, doch dann hörten sie eine Mädchenstimme vorsichtig rufen.

„Deutsche Soldaten, wo seid ihr? Deutsche Soldaten?"
Zuerst hatten die drei Männer noch Angst vor Verrat und wagten nicht zu antworten, doch das Mädchen gab nicht auf.
„Kommt zu dem Haus dort drüben, da wohnen meine Eltern, da könnt ihr euch waschen und rasieren und Essen bekommt ihr auch."
Dieser Einladung konnten die drei nicht widerstehen. Das Dorf war nicht besetzt und die Familie hieß sie willkommen, obwohl der eigene älteste Sohn noch nicht heimgekommen war. Beim Abschied hätte Waldemar sich gern für die Gastfreundschaft angemessen revanchiert, doch die Vorräte waren verbraucht und er konnte nur noch das letzte Stück Seife abgeben.

Die Ungewissheit auf ihren Etappen war groß, nie wussten die Landser, wie sich die Einheimischen ihnen gegenüber verhalten würden, doch immer wieder trafen sie auf Hilfsbereitschaft. Ein Bauer, der ebenfalls noch auf seinen Sohn wartete, bot ihnen großzügig Unterkunft an und behandelte sie so, wie er es für den eigenen Sohn wünschte. Er zeigte großes Interesse an den Erlebnissen der Männer und ihm offenbarten sie ihre Geschichten.

Waldemar war zusammen mit einem Kameraden einmal dazugekommen, als ein Soldat ihrer Kompanie völlig grundlos und anscheinend aus schierer Mordlust einen Russen in dem von ihnen besetzten Dorf erschoss. Zwar hatte Waldemar dem Täter gedroht und ihn verwarnt, doch gemeldet hatte er die Untat nicht. Ein anderes Mal konnte Waldemar gerade noch verhindern, dass ein deutscher Soldat die russische Bäuerin im Kuhstall vergewaltigte. Warum er diesen Vorfall nicht weitergemeldet hatte, konnte Waldemar später nie richtig begründen.

Zum Abschied gab der freundliche Bauersmann den drei flüchtigen Soldaten Tipps für die beste Route mit den wenigsten Kontrollen, sogar ein Messtischblatt der Umgebung überließ er den Männern. Sie gaben ihm ihre Heimatadressen und er versprach, später zu überprüfen, ob ihre Flucht ein glückliches Ende gefunden hätte.

Auf dem Königsberg oberhalb des westfälischen Detmold, das Waldemars Ziel war, trennten sich die Kameraden nach drei Wochen Flucht; eine Stunde später sah Waldemar seine Frau wieder. Sie war überwältigt vor Glück, obwohl er nicht bei ihr bleiben konnte. Er versteckte sich bei einer Kusine, denn in dem Hotel der Tante, wo seine Frau mit dem Baby wohnte, war eine Fernmeldeeinheit der Briten einquartiert. Es war die erste Monatshälfte im April 1945, der Krieg war noch nicht offiziell beendet und Waldemar war nicht sicher in dieser Stadt, überall gab es Denunzianten, die anderen ein kleines Glück nicht gönnten.

Mit einem uralten Fahrrad und Proviant von seiner Tante machte er sich drei Tage später nochmals auf den Weg, er hoffte, im chaotischen Ruhrgebiet bei Verwandten einfacher untertauchen zu können. Waldemar traf auf gehässige und auf freundliche Menschen: Eine alte Frau gab ihn als ihren Sohn aus, als er an einem Posten vor der Brücke über den Datteln-Hamm-Kanal vorbei musste, Nachbarn des Schwiegervaters in Wanne-Eickel hingegen missgönnten ihm die Heimkehr und er musste erneut untertauchen, weil immer noch Gefangene gemacht wurden von den Besatzern.

Wochen später, nachdem er endgültig bei seiner jungen Familie war und die Nahrungsmittelversorgung immer schlechter wurde, erwies sich jener hilfsbereite Bauer aus dem Weserland, der sie vor der letzten Etappe versorgt hatte, als zuverlässigster Freund: Mit dem Fahrrad kam er Waldemar besuchen und brachte zwei Gläser Honig mit – zu jener Zeit ein unvorstellbar kostbarer Schatz. Die Zukunft war ungewiss, doch die Familie war endlich zusammen. Sie wussten noch nicht, wie schlimm die nahe Zukunft werden würde mit der entsetzlichen Hungerzeit und dem extremen Winter 1946/47, in dem ihr zweiter Sohn geboren wurde.

Hungerzeit

Nachdem Waldemar dem Krieg heil entkommen und das Nazireich zerschlagen war, wollte er auf jeden Fall vermeiden, noch in Gefangenschaft der Alliierten zu geraten. Darum hatte er sich erst nach dem offiziellen Kriegsende im Rathaus angemeldet,

um seine Papiere und die Lebensmittelmarken zu

erhalten. Die Bürokratie war nicht zum Erliegen gekommen, sondern es hatten sich allenfalls die Formulare geändert. Bei der Ummeldung wurde sorgsam notiert, auf welche monatliche Zuteilungen noch Anspruch bestand. Die Fotos von 1945 bzw. 1939 zeigen, wie sehr der junge Waldemar in gut fünfeinhalb Jahren gealtert war.

Ernährungsamt .... , den 16. Mai 194....

Kartenstelle: .... Str. Nr. .... Fernruf........

Umzugs-Abmeldebestätigung

Dem Ernährungsamt (Kartenstelle) des Zuzugsorts vorzulegen.

Zu- und Vorname: ....

Beruf: ...., geb. am ....

bisher wohnhaft in .... Str./Pl. Nr. ....

hat sich heute hier abgemeldet. Außerdem verziehen folgende Haushaltsangehörige ¹):

1. Zu- und Vorname: ...., geb. am ....
2. " " " ...., " "
3. " " " ...., " "
4. " " " ...., " "
5. " " " ...., " "

Vorgenannter Verbraucher — und seine Haushaltsangehörigen — ist — sind — mit Lebensmittelkarten, Reise- und Gaststättenmarken, Berechtigungsscheinen für Marmelade, Zucker und Eier bis zum .... 194.... ²) versorgt. Hierbei sind die noch zu beliefernden Einzelabschnitte und der Stammabschnitt der Reichsmilchkarte... mit dem Stempelaufdruck "Reise" oder "Reisekarte" und dem Dienstsiegel versehen worden. Die Nährmittelkarte...... ist — sind — durch Streichung des Ortsgültigkeitsvermerks für den Zuzugsort gültig gemacht worden. — Soweit die Einzelabschnitte bestellscheingebunden sind, ist die Rückrechnung bei dem bisherigen Einzelhändler durchgeführt worden ³).

Anmerkungen (Selbstversorgung — Krankenversorgung — Vegetarier —, jüdischer Haushalt usw.): ....

Dienstsiegel

Unterschrift

¹) Ohne Untermieter, Hausangestellte u. ä., für die besondere Umzugs-Abmeldebestätigungen auszustellen sind.
²) Hier ist stets der letzte Tag der laufenden Zuteilungsperiode einzusehen.
³) Nichtzutreffendes ist zu streichen.

Form. PEA 6 a — Umzugs-Abmeldebestätigung

Die ersten Monate arbeitete er als Holzfäller in den umliegenden Wäldern, die zum größten Teil im Besitz des lippischen Fürsten waren. Für diese schwere Arbeit gab es Zulagen bei den Lebensmittelkarten. Das geschlagene Holz wurde überall als Brennmaterial dringend benötigt. Die Versorgungslage war in jeder Hinsicht erbärmlich und der Fürst von der alliierten Verwaltung gezwungen worden, den Holzeinschlag hinzunehmen. Seine Aufseher kontrollierten die Holzarbeiter und machten ihnen oft genug das Leben schwer. Bezahlt wurde die Arbeit nach der Menge des geschlagenen Holzes; es durfte keinesfalls Brennholz für den Eigenbedarf abgezweigt werden.

Waldemars Frau Irmgard kam trotzdem manchmal mit dem Baby im Kinderwagen hinaus in den Wald, um ein oder zwei Scheite Holz für den Küchenherd zu besorgen. Die Holzstücke versteckte sie neben dem Kind im Wagen. Selber Brennholz zu sammeln, war nicht mehr möglich, die Wälder waren längst leergefegt von jeglichem Altholz und Reisig.

Weil die Waldarbeiter unterernährt und übermüdet waren, kam es häufig zu Unfällen. Auch Waldemar geriet einmal mit dem Bein unter einen mächtigen Stamm, von einem zurück schnellenden Ast wurde er zusätzlich an Hals und Kinn getroffen. Das rechte Bein schwoll an und wurde blau. Ein Arzt nähte die Wunden am Kopf und bereits nach einer halben Woche arbeitete Waldemar weiter, bis zu dem Tag, als ein Forstaufseher ihm vorschreiben wollte, nur ganz dünne Stämme zu fällen.

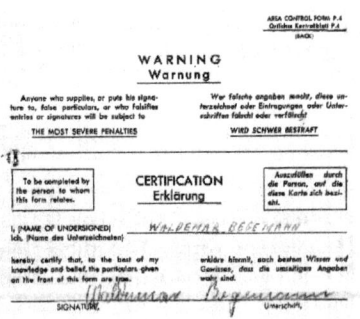

„Und wie stellen Sie sich vor, dass ich damit mein Tagespensum schaffen kann?", fragte Waldemar wütend.

Dem Aufseher war das egal. Noch einmal versuchte Waldemar es mit Vernunft.

„Die Leute warten auf Holz, sie brauchen es! Die jungen Bäume können doch noch wachsen …"

Der Aufseher blieb stur, es folgte ein hitziger Wortwechsel und ein Faustschlag. Damit endete Waldemars Karriere als Holzfäller.

Seine nächste Anstellung war die eines Helfers in der Küche des britischen Offizierskasinos. Dafür musste er jedoch einen offiziellen Entlassungsschein aus der Wehrmacht vorlegen, den er nur unter größtem Misstrauen beantragte. Er erhielt den Schein aber ohne Probleme.

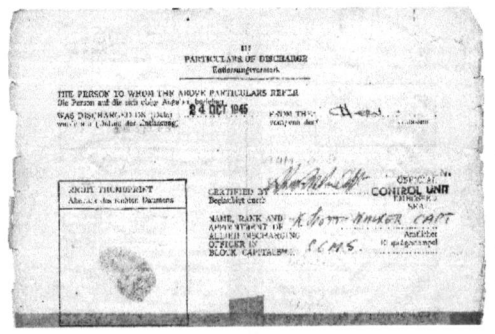

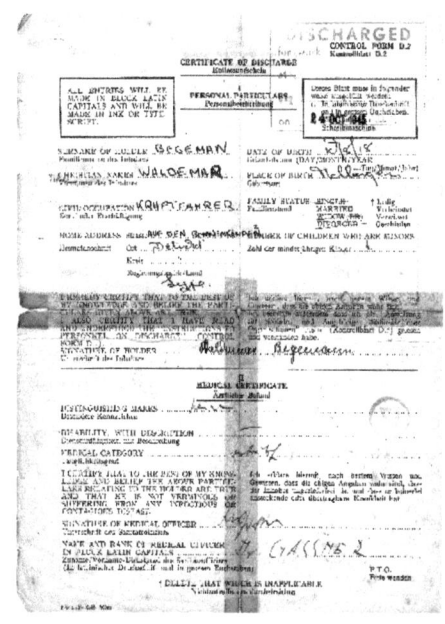

Sehr früh morgens musste er zum Gelände des kleinen Militärflughafens am anderen Ende der Stadt marschieren, um den Offizieren das Frühstück vorzubereiten. Er konnte es nur schwer aushalten, dass nach den Mahlzeiten große Mengen an übrig gebliebenem Essen in den Müll geworfen werden mussten. Den deutschen Arbeitern war es streng verboten, irgendetwas mit nach Hause zu nehmen für ihre hungernden Familien. Zwar konnte Waldemar sich selbst einigermaßen an den Resten satt essen und schmuggelte auch manchmal in den Stiefelschäften oder in der Kleidung unterm Mantel Nahrungsmittel für Frau und Kind durch die Kontrolle, aber die Not zuhause blieb groß.

Unter seinen britischen Vorgesetzten gab es einige freundliche, aber auch sehr schikanierende Menschen, die ihren Hass auf die Deutschen nach allen Möglichkeiten auslebten. Viele der Besatzer hatten die Untaten des Naziregimes und des Krieges noch lange nicht verziehen.

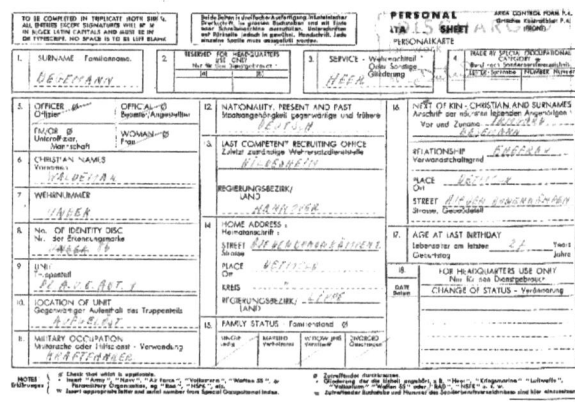

Besonders widerlich war ein Sergeant, der in Waldemars winziger Wohnung eine wüste, jedoch erfolglose Durchsuchung veranlasste. Irgendein Deutscher hatte angeblich eine Schälmaschine aus der Küche gestohlen, nach der nun gesucht wurde. Sogar die Strohmatratzen wurden dabei vom Bett gezerrt. Dass man ihn verdächtigte und die beiden Dachkammern, die klägliche Behausung seiner Familie, verwüstete, empörte Waldemar sehr. Kurze Zeit später revanchierte er sich für diesen Übergriff, indem er eines der zahlreichen Fahrräder, die im Keller des Kasinos abgestellt waren, in der Dunkelheit über den hohen Zaun des Flughafens warf. Nach Feierabend sammelte er es dort ein. Waldemar wusste, dass diese Fahrräder auf nächtlichen Freizeit-Touren von den Engländern bei den Einheimischen „requiriert" worden waren und hatte zwar Angst, erwischt zu werden, aber kein sonderlich schlechtes Gewissen deswegen.

Seine Frau Irmgard war mit dem zweiten Kind schwanger, vor einigen Tagen war sie in der Frühe beim Anstehen nach Brot ohnmächtig zusammengesunken. Waldemar hoffte, ihr mit dem Fahrrad zumindest die Belastung des langen Fußweges und den Transport der eventuell erhaltenen Lebensmittel zu erleichtern. Der Besitz von Lebensmittelkarten bedeutete nämlich noch lange nicht, dass man die entsprechenden Nahrungsmittel auch tatsächlich erhielt. Viel Glück hatte Irmgard mit dem Fahrrad allerdings nicht: 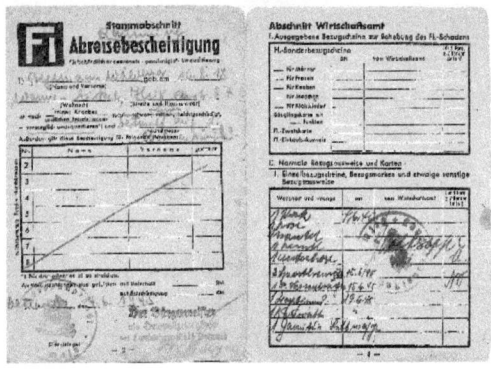 Schon zwei Tage später wurde es ihr ebenfalls gestohlen, als sie in der Apotheke Dorschlebertran besorgen wollte.

Es war nicht besonders klug von Waldemar, sich überhaupt nicht zu bemühen, die englische Sprache der „Besatzer" zu lernen. Zwar verstand er das Wichtigste und arbeitete später im Fahrdienst der englischen Offiziere, doch er konnte ihnen nie recht verzeihen, dass sie sogar ihre Essensreste den hungernden Deutschen nicht gegönnt hatten. Ohnehin musste man der örtlichen Ernährungsstelle die Beschäftigungsnachweise vorlegen, um Bezugsmarken zu erhalten.

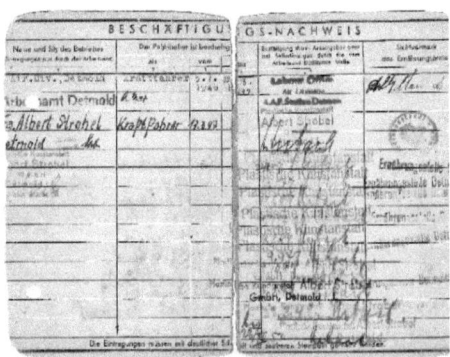

Er empfand die „Tommies", wie er sie nannte, als überheblich und lernte erst sehr viel später zu differenzieren, als eine seiner Töchter einen Musiker aus dem vor Ort stationierten britischen Regiment heiratete. Seinen Ärger darüber, dass Deutschland die Kosten für die britischen Stationierungen tragen musste, überwand er bis zum Lebensende nicht.

Als Fahrer für die britischen Offiziere ergaben sich selbst für den braven Waldemar einige Gelegenheiten für den überall stattfindenden Schwarzhandel. Die Kontrollen am Tor des Fliegerhorstes waren für die Fahrer in Begleitung eines Offiziers ziemlich lasch, und je höher der Dienstgrad seines Beifahrers war, desto oberflächlicher waren die Kontrollen auf Waldemars Fahrten. Aber auch die englischen Offiziere waren sich nicht zu schade, mit den Zigaretten, die ihnen reichlich zur Verfügung standen, Geschäfte zu machen. Als Schweigegeld erhielt Waldemar gelegentlich ein paar Schachteln dieser begehrten Ware. Es war erstaunlich, wie einfach mit Zigarettenwährung Dinge zu erhalten waren, von denen kurz zuvor, wenn man nur seine Zuteilungsmarken vorlegte, im Geschäft behauptet worden war, es gäbe diese Ware nicht mehr. Mit Zigaretten schaffte Waldemar es sogar, etwas Wäsche für Irmgard und seine kleinen Kinder einzutauschen.

Der Eigentümer einer örtlichen Möbelmanufaktur bestand allerdings darauf, für das erste Ehebett des Paares mit Benzin bezahlt zu werden. Das Benzin war beim Apotheker abzuliefern, der im Gegenzug dem Tischler Chemikalien für Kleber und Lacke besorgte. Waldemar fand Möglichkeiten, immer mindestens einen vollen Kanister im Fahrzeug zu haben und lieferte, sobald die Fahrtroute es irgendwie erlaubte. Wenn er einen Offizier abholen oder wegbringen musste, ergaben sich manchmal Leerfahrten, die er mit einem Abstecher zur Hintertür der Apotheke verbinden konnte.

Abgesehen von dieser kurzen Zeit des Benzinschmuggels waren weder Waldemar noch seine Irmgard begabt darin, sich auf unreelle Weise Vorteile oder Essbares zu beschaffen. Eines Nachts machten sie sich auf zu einem Rübenfeld des Gutshofes Braunenbruch, es war stockfinster, am Rand des Ackers tasteten sie nach den noch viel zu kleinen Zuckerrüben. Die beiden hofften, dass die unreifen Rüben vielleicht wie Mairübchen schmecken könnten. Kaum hatten sie eine Reihe der Ackerfrüchte gefunden, brach der Mond durch die Wolken.
„Waldemar, komm, man kann uns sehen! Lass uns schnell verschwinden!"

Irmgards Nerven waren dem Stress nicht gewachsen und ihre ganze Ausbeute war eine Handvoll Rübenblätter, die auch gekocht nicht schmeckten.

Der Winter 1946/47 war besonders schlimm, es war bitterkalt, die Lebensmittelrationen waren seit Monaten gekürzt worden und der Hunger bohrte schlimmer als zuvor. Der zweite Sohn war im November geboren worden, der harte Frost in diesem Winter drang in die Dachkammer und bis durch die Windeln des Säuglings. Mit Entsetzen stellte Irmgard eines Morgens fest, dass ihr Kind in seinem Kinderwagen festgefroren war. In der nächsten Nacht stellte sie die kleine elektrische Kochplatte unter den Wagen, doch nach einigen Stunden schrie das Kind – die nassen Windeln waren zu heiß geworden. Irmgard musste schnell lernen, den richtigen Abstand zwischen Heizplatte und Kinderwagen einzuhalten. Weil es zwei Kleinkinder in der Familie gab, hatte sie Anspruch auf eine kleine Milchration, doch in diesem Winter gefror sogar die dünne Milch in den Kannen des Milchfahrers.

Manchmal half Onkel Fritz aus, der eine Hotelgaststätte betrieb, aber auch dort war alles äußerst knapp. Das Haus war voll mit Verwandten und entfernten Angehörigen, die zwar im Betrieb halfen, doch ebenfalls versorgt werden mussten. Onkel Fritz wusste von einem in den Berghang gebauten Weinkeller einer verlassenen Gaststätte vor der Stadt. Trotz der nächtlichen Ausgangssperre, die in den ersten Monaten nach Kriegsende galt, mussten die Hausmädchen, zu denen auch Irmgards Schwester gehörte, in der Dunkelheit heimlich bis zu der Wirtschaft am Stadtrand schleichen und Wein abfüllen. Eine volle Gaststube war überlebensnotwendig für den großen Haushalt von Onkel Fritz und Tante Minna. Der Weinausschank sicherte dies.

Waldemar interessierte sich nicht für den Wein, aber der Onkel hatte ihm erlaubt, sich an dem alten Haferschrot im verwaisten Kaninchenstall zu bedienen. Jede Woche füllte er sich eine Portion ab, zuhause wurde daraus Brot gebacken, jedes Mal ein Festtag für die Familie. Ein winziger Rest wurde immer übrig gelassen, daraus wurde der Sauerteig für das nächste Brot angesetzt. Nach und nach leerte sich der Sack mit dem Kaninchenfutter im Stall, und je näher Waldemar zum Boden des Schrotsackes kam, desto stärker wurden Geruch und Geschmack nach Kaninchenjauche. Beim Hochwasser Ende Februar war der Stall überschwemmt worden, das Wasser hatte auch den Futtersack unten durchtränkt. Dennoch wurde der gesamte Haferschrot zu Brot verarbeitet und unbeschadet aufgegessen.

Töten konnte Waldemar nicht. Es war seine Irmgard, die völlig verzweifelt einen Karpfen ums Leben bringen musste, nachdem Waldemar auf dem Heimweg mit Frau und Kindern den Fisch entdeckt hatte. Es war klirrend kalter Winter, der Karpfen musste aus dem Teich der Brunnenwiese in den Ablauf des Knochenbaches gelangt sein, dort zappelte er in einem Wasserloch zwischen den Eisplatten des Baches. Schnell warf Waldemar einen prüfenden Blick in die Runde, bückte sich, griff den Karpfen und versteckte ihn am Fußende des Kinderwagens unter der Decke. Das Baby protestierte nicht. Waldemar strahlte seine Irmgard an.

„Heute können wir endlich ordentlich essen!"

Irmgard war stolz auf ihren Mann und gut gelaunt erreichten sie die kleine Dachkammer, die ihr Zuhause war. Sie machten Feuer im Küchenherd und dann wechselten sie Blicke.

„Du musst den jetzt schlachten", forderte Irmgard.

„Ich? Ich kann das nicht!"

Waldemar verschwand eilig. Der Karpfen zappelte immer noch. Unter Tränen kämpfte Irmgard mit einem großen Messer gegen das Tier, vergaß, dass der ältere, zweijährige Sohn zuschaute, schnitt den Kopf des Fisches ab, öffnete seinen Bauch und nahm alles heraus, was wie Eingeweide aussah. Sie schnappte sich eine alte Zeitung, wickelte die Abfälle ein, entfernte mit der Herdzange die Ofenringe und warf das Päckchen schnell in das Loch. Kurz danach betrat Waldemar wieder die Kammer und sah sich um.

„Wo ist der Fisch?"

Ganz verdutzt starrte nun auch Irmgard auf den Tisch.

„Hat Mutti doch in den Ofen gesmissen!"

Diese Antwort kam vom Zweijährigen, der immer noch am Tisch hockte. Waldemar reagierte blitzschnell, riss die Ringe vom Ofen und rettete das Abendessen. Zusammen mit dem Sohn aß er sich satt, nur Irmgard konnte den von ihr geschlachteten Fisch nicht anrühren.

Im Frühling brachte Waldemar drei winzige Kaninchen mit, baute einen Stall neben dem Kellerausgang und beachtete Irmgards Protest nicht.

„Wer soll die schlachten, wenn sie groß sind? Ich mache das nicht!"

„Das ist doch kein Problem, ich frage einen Kollegen. Der erledigt das, wenn es so weit ist."

Wenn Irmgard mit den Kindern unterwegs war, sammelte sie Löwenzahn und Gras, die Kaninchen wuchsen heran. Im Frühsommer kam sie eines Morgens zum Kaninchenstall und sah, dass die Tiere todkrank waren, sie sprangen nicht mehr herum, sondern lagen fast bewegungslos im Stall. Sie rief nach ihrer Schwester, die im Haushalt der Musikerfamilie im Parterre des Hauses arbeitete. Annegret jedoch warf nur einen Blick auf die Tiere und erklärte, sie habe absolut gar keine Zeit, sie würde dringend im Hause gebraucht. Aber sie reichte Irmgard ein scharfes Messer aus dem Küchenfenster.

Es gab nur zwei Möglichkeiten: Kaninchenmord oder die Tiere sich ihren Qualen überlassen und kostbares Fleisch verschwenden. Irmgard kämpfte noch mit sich, als sie das vertraute Motorengeräusch von Waldemars „Holzkocher" (holzgasbetriebenes Auto) hörte. Erleichtert stürmte sie ihm entgegen.
„Gott sei Dank, dass du da bist! Die Kaninchen sind krank, sie müssen sofort geschlachtet werden!"
Waldemar starrte sie kurz an.
„Ich muss sofort wieder los, habe es ganz eilig!"

Und wieder wurde Irmgard in einer solchen Situation von ihm allein gelassen. Als Kind hatte sie manchmal gesehen, wie ihr Vater Kaninchen schlachtete, nun mühte sie sich sehr ab, die grausliche Arbeit selbst zu vollbringen. Abends genossen Vater und Sohn das Fleisch, Irmgard aß es nicht.

Die Ernährungslage besserte sich ab 1948 und nach der Währungsreform gab es so gut wie alle Waren wieder zu kaufen, sofern man über genügend Geld verfügte.

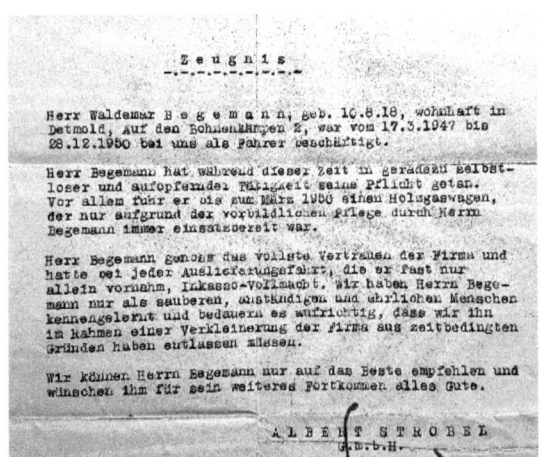

Waldemar arbeitete seit 1947 als Fahrer einer Firma für Gipsfiguren und Schaufensterpuppen, für die es eine erstaunlich hohe Nachfrage gab. In dieser Firma fanden etliche Nazis Unterschlupf, denn der Inhaber war selber einer gewesen. Selbst das Vokabular seines Arbeitszeugnisses zeigt noch die alten „Werte". Waldemar staunte, wie schnell die ganze Truppe in der örtlichen

FDP aufging. Plakate für diese Partei zu kleben, gehörte im Wahlkampf zu Waldemars Aufgaben, aber er selbst konnte nicht von der FDP überzeugt werden, sondern wählte ganz anders.

Was ihm aus der Hungerzeit bis zum Lebensende blieb, war der Zwang, möglichst große Vorräte an Nahrungsmitteln anzulegen. Prall gefüllte Kellerregale mit Grundnahrungsmitteln, Margarine, Öl, Gewürzen, Konserven und Seife dienten noch viele Jahre später den beiden Töchtern als immer verfügbare Umgebung, wenn sie „Einkaufsladen" spielen wollten. Diese Vorratshaltung gab Waldemar auch in seinen letzten Jahren nicht auf.

Kein Wirtschaftswunder für Waldemar

„Einen Sack Flöhe zu hüten ist einfacher als deine Schwester Annegret!", beklagte sich Waldemar gelegentlich bei Irmgard. Die ersten Jahre nach dem Krieg verbrachten seine Schwägerinnen nämlich noch in Nähe ihrer ältesten Schwester in Detmold. So kam es, dass Waldemar nicht nur für seine Frau und die Kinder sorgen musste, sondern sich auch für Annegret und Hilde verantwortlich fühlte, die damals als Hausmädchen in Gaststätten oder Privathaushalten arbeiteten. Besonders die hübsche Annegret musste er aus manch heikler Situation retten. Dann trat er selbstbewusst wie ein großer Bruder auf und drohte notfalls einem leichtsinnigen Verehrer Prügel an. Er wurde Spezialist darin, unbedachte Verlobungen zu lösen und den Ring nachdrücklich zurückzugeben.

Warum er sehr vehement auch einen deutschstämmigen Amerikaner abwehrte, der seine Schwägerin samt ihren Brüdern in die USA bringen wollte, lag vermutlich an Waldemars massiven persönlichen Abneigung gegen diesen Verehrer. Immerhin waren die Vereinigten Staaten damals das Land der Träume ganz vieler deutscher Auswanderer. Davon unbeirrt holte er seine Schwägerin aus der vom reichen Amerikaner angemieteten Wohnung und verscheuchte den armen Kerl immer wieder, solange er in Deutschland war und Kontakt zu Annegret suchte.

Aber auch für die jüngste Schwester Hilde diente das Zuhause von Irmgard und Waldemar als Zuflucht, wenn sie Sorgen oder Schwierigkeiten hatte. Zu ihrem Leidwesen wurden die beiden unverheirateten Schwestern einige Zeit später von ihrem Vater zurück in seinen Haushalt ins Ruhrgebiet befohlen. Der verwitwete Bergmann hatte schnell wieder geheiratet und seine neue, sehr junge Frau brachte zwar Kinder zur Welt, war aber nicht imstande, diese zuverlässig zu versorgen oder den Haushalt ordentlich zu führen. Diese Arbeit sollten nun die unverheirateten Töchter für die kaum ältere Stiefmutter übernehmen. Eilig suchten sich Annegret und Hilde solide Ehemänner und gründeten eigene Familien, um dem ungeliebten väterlichen Haushalt zu entkommen. Die Zustimmung des Vaters zur Heirat erzwang die noch nicht volljährige Hilde dadurch, dass sie absichtlich schwanger wurde von ihrem späteren Ehemann.

Obwohl die Schwägerinnen nicht mehr vor Ort waren, wuchsen Waldemars Sorgen ebenso wie seine Familie. Nach den beiden Söhnen kam weiterer Familienzuwachs durch zwei Töchter. Mit der jüngsten wurde Irmgard schwanger, als Waldemar 1951 gerade arbeitslos geworden war. Nach der Geburt dieser letzten Tochter musste Irmgard sich einer komplizierten Operation unterziehen und konnte sich kaum von den nachfolgenden Infektionen erholen. Sie musste viele Wochen im Krankenhaus verbringen.

Waldemar fand eine neue Arbeit als Fahrer für ein Ausstattungshaus. Er schleppte Tapetenrollen, Teppiche und andere Bodenbeläge in die verwinkelten Haushalte der Altstadt und in die großen Häuser der Wohlhabenden am Stadtrand. Irmgard überstand die kritische Zeit im Krankenhausbett, wurde wieder gesund und die in der Verwandtschaft verteilten Kinder konnten nachhause kommen.

Fast täglich ging Irmgard nun auf das Wohnungsamt und drängte darauf, mit der inzwischen sechsköpfigen Familie endlich die beiden Dachkammern ohne Wasseranschluss verlassen und eine richtige Wohnung beziehen zu können.

Jedoch wurden Familien mit Vätern, die als Spätheimkehrer galten, bevorzugt mit Wohnraum versorgt. Die Gruppen der Spätheimkehrer und Vertriebenen hatten sich früh organisiert und leisteten erfolgreiche Lobbyarbeit. Zwar besaß auch Waldemar einen Vertriebenenausweis, aber die von den Vertriebenen vertretenen politischen Positionen und Rückgabeforderungen stießen ihn ab.

1953 erhielt die Familie schließlich eine 52 qm große Dreizimmerwohnung mit Badezimmer und Küche. Sie befand sich am anderen Ende der Stadt in einem der ersten dreistöckigen neuen Wohnblocks des sozialen Wohnungs-baus. In das winzige Kinderzimmer passten mühsam zwei eingekürzte Doppelstockbetten, ein Ofen, eine Kommode und eine Spielzeug-kiste. Die Kleidung musste im Elternschlafzim-mer untergebracht werden, ebenso wie Irmgards Nähmaschine, mit der sie fast die gesamte Ober-bekleidung der Familie herstellte.

Ab Mitte der fünfziger Jahre stiegen die Löhne allmählich, weil aus den Erlösen des „Wirt-schaftswunders" endlich auch bei den Arbeitern etwas ankam. Erste Anzeichen von Wohlstand erschienen bei den Nachbarn: Fahrräder, Kin-derspielzeug, neue Möbel. Ein Mieter aus dem dritten Stockwerk parkte sogar einen Volkswa-gen auf der Schotterstraße.

Waldemars Glückssträhne jedoch riss ab. Immer häufiger wurde er krank, musste sich etlichen Bauchoperationen unterziehen, magerte gefährlich auf 40 Kilo ab und verstummte fast vollständig. Wenn er nicht bettlägerig war, benö-tigte er zum Gehen einen Stock. Bald wurde er Frührentner und die Familie war auf entwürdigende Sozialhilfe angewiesen.

Diese Not dauerte fast acht Jahre lang. Die Kinder mussten auf vieles verzich-ten, was in anderen Familien selbstverständlich war und ständig lag die Gefahr über ihnen, dass der Vater sterben würde.

Arm und auf staatliche Fürsorge angewiesen zu sein, ließ sich auch damals nicht verstecken, es war ein belastendes Stigma in der Schule. Den Geschwistern blieb nur, sich durch besonders gute Leistungen Anerkennung und Achtung zu verschaffen. Der Älteste wurde sogar durch seine Ideen, körperliche Stärke und Intelligenz zum Anführer der gesamten Nachbarskinder. Er verdiente früh als Laufbursche, Balljunge auf Tennisplätzen oder als Helfer in der Landwirtschaft ein wenig Geld dazu.

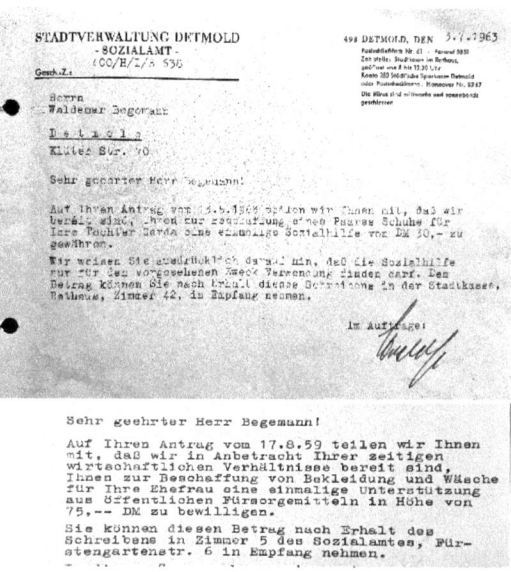

Auch die jüngeren Geschwister gingen nach der Schule auf die Felder der Bauern zum Kartoffelsammeln oder Rübenverziehen. Mit dem so verdienten Geld war es möglich, auch mal ein nicht selbstgenähtes, modernes Kleidungsstück zu kaufen. Im Sommer wurden Himbeeren oder Pilze gesammelt und im Herbst Falläpfel und die auf Äckern liegengebliebene Kartoffeln, um Lebensmittelkosten zu sparen. Die Lust am Sammeln von Pilzen blieb den Kindern erhalten, die auf Falläpfel allerdings nicht.

1957 reichte das Geld nicht einmal für einen Weihnachtsbaum, immerhin war für die Mädchen von einem Kirchenmitglied eine Puppenstube gespendet worden.

Neben ihren regelmäßigen Gottesdienstbesuchen konnte sich die Familie als einzige Freizeitbeschäftigung lediglich die häufigen Wanderungen im Teutoburger Wald leisten. Weil solche Wanderungen in den anderen Familien nicht üblich waren, freuten sich die Kinder der Nachbarschaft, wenn sie auch mitkommen durften. Sobald es Waldemar gesundheitlich gut genug ging, begleitete er Frau und Kinder, so entstanden einige Fotos aus jener Zeit.

Waldemars Kenntnisse von Natur und Landwirtschaft waren beachtlich, und wenn es darum ging, dieses Wissen zu vermitteln, war Waldemar seinen Kindern sehr zugewandt. Gut gelaunt spielte er ihnen zwischendurch Melodien auf der Mundharmonika vor. Aber er scheute sich auch nicht, furchterregende alte Geschichten zu erzählen, um ihnen Achtung vor der bäuerlichen Arbeit beizubringen.

„Niemals dürft ihr in ein Kornfeld laufen. Dort wohnt die Roggenmuhme, sie raubt die Kinder, die zu ihr kommen. Diese Kinder kommen nie zurück und ihre Eltern weinen dann. Hört ihr das Rauschen? Das sind die Röcke der Roggenmuhme, die durch die Felder streicht."

Ein schauriges Gruselgefühl durchfuhr die Kinder bei solcher Schilderung, und der leichte Wind im Kornfeld klang für sie dann wirklich wie rauschende Frauenröcke. Selbst, wenn das Getreide schon geschnitten war und die Garben auf dem Acker in interessanten Hocken zum Trocken aufgestellt waren, trauten sich die jüngeren Töchter nicht, in einen dieser verlockenden Garbenbündel hineinzukriechen, die wie spitze Strohhütten aussahen. Ganz überzeugt waren sie zwar nicht von der Geschichte der Roggenmuhme, aber womöglich gab es sie ja doch und wartete in einem Strohhaus auf neugierige Kinder. Mit den ersten Mähdreschern, die bald auftauchten, verschwand die Roggenmuhme.

Erst als Waldemars Söhne schon ihre erste Ausbildung beendet hatten und in die Welt hinaus wollten, überwand er allmählich seine Krankheit mit den tiefen Depressionen, die heute sicherlich als posttraumatische Belastungsstörung diagnostiziert worden wäre. Er wurde wieder arbeitsfähig. Fast fanatisch stürzte er sich in die Erwerbsarbeit, machte unzählige Überstunden und konnte seine Irmgard endlich nicht nur von den finanziellen Sorgen befreien, sondern auch ein Auto anschaffen und Reisen mit ihr unternehmen. Waldemar zog es zunächst an die Orte seiner Kindheit und kurzen Jugend. Manchmal traf er noch die Menschen und Freunde aus jener Zeit an. Sein altes Motorrad, das er während der Mobilmachung 1939 in der Scheune des Hofes seiner ersten Verlobten versteckt hatte, fand er allerdings nicht wieder.

Im Gegensatz zu ihrem Mann hatte Irmgard Verständnis dafür, als sich die Jugend und die eigenen heranwachsenden Kinder freiere Lebensformen suchten und die alten Verhältnisse umbrechen wollten. Waldemar hingegen war davon überzeugt, dass die SPD schon alle nötigen Verbesserungen erreichen würde, ohne dass seine Kinder dafür demonstrieren müssten.

Allerdings half er seinen Söhnen tatkräftig, den Wehrdienst zu vermeiden. Die beiden fuhren unmittelbar nach ihrer Lehre einige Jahre mit der Handelsmarine zur See, studierten zwischendurch bzw. im Anschluss daran und vermieden erfolgreich jeden Kriegsdienst. Ihre Erfahrungen bei der Seefahrt waren zweifellos wertvoller als jeder Drill bei der Bundeswehr.

Während der ganzen Zeit gab es einen regen Briefwechsel mit der Familie; so konnten Eltern und Schwestern teilhaben an den Erlebnissen und Gedanken der jungen Männer.

Unterdessen machte es Waldemar ungeheuren Spaß, parallel einen Briefwechsel mit dem Kreiswehrersatzamt zu führen, wenn von dort wieder einmal eine Vorladung oder ein Einberufungsbescheid kam. Dann schrieb er genussvoll zurück, leider überhaupt nicht zu wissen, wo sich die Söhne aufhielten, es könnte Afrika oder Indien sein, womöglich auch Südamerika. Etwas Genaues wisse er nicht, auch nicht, wann sie nachhause kämen. Überhaupt würde er sich weigern, daran mitzuwirken, dass Deutschland sich mit der Bundeswehr auf einen Krieg vorbereite, er habe selber genug Lebensjahre damit verschwendet.

Bei einer persönlichen Vorladung ins Kreiswehramt ärgerte Waldemar sich derart, dass er einen übereifrigen Mitarbeiter dämpfte: „Sie können sich den Befehlston sparen – das beeindruckt mich schon lange nicht mehr!" Kein Wunder, dass sein Sohn Dieter auf dem Schiff beim Chief ebenfalls seine Meinung vertrat.

Verreisen

„Sag mir, wo du hin willst – ich fahre dich hin."

Insgeheim ärgerte sich Irmgard, dass Waldemar diese gleichbleibende Antwort gab, wenn sie ihre Reiselust äußerte. Sie hatte so viele Ideen und Wünsche, etwas von der Welt zu sehen, seitdem sie endlich ab Ende der sechziger Jahre vieles von dem nachholen konnten, was ihnen vorher verwehrt gewesen war.

Zunächst konnten sie nur während Waldemars Urlaub ihre Fahrten unternehmen, doch nachdem er mit 63 Jahren in

Rente gegangen war, nutzen sie die Zeit und das von Irmgard gesparte Geld für häufigere Reisen in Europa. Oftmals taten sie sich für solche Unternehmungen mit ihren Schwestern samt Ehemännern zusammen oder sie wurden von den eigenen erwachsenen Kindern auf Fernreisen mitgenommen.

Nach 37 Ehejahren wollte Waldemar seiner Irmgard endlich eine heimliche Sehnsucht erfüllen: Sie fuhren mit ihrem wenig repräsentativen Auto an die Côte d'Azur. Es war früh im Jahr, erst März, und die Wirklichkeit entsprach so gar nicht Irmgards lange gehegtem Traum. Die Saison hatte noch nicht begonnen, Cafés, Läden und Hotels waren zumeist noch

geschlossen. Sie fanden keine Spur vom erwarteten „Flair" und in die ganz großen Häuser wagten sie sich nicht. Waldemar war froh, dass Irmgard zustimmte, sich stattdessen auf den Weg zum bewährten Bekannten, nämlich Südtirol, zu machen.

Bei der Fahrt durch die Schweiz wurde es Zeit für die Quartiersuche, und so hielten sie Ausschau nach einer geeigneten Unterkunft. Ein Etablissement mitten im Dorf namens „Zum schwarzen Bären" erschien Irmgard zu düster und der Gasthof „Zum Bösen Wolf" verbot sich für sie ohne weitere Erklärung. Waldemar wurde allmählich ungeduldig und müde, er konnte die Einwände seiner Frau nicht nachvollziehen. Einige Kilometer weiter erfreute Irmgard dann endlich der Anblick eines mit Blumenkästen hübsch geschmückten Gebäudes. Ein großes geschnitztes Schild „Landhotel" prangte einladend an der Giebelseite. Es wurde angehalten, Irmgard betrat die Eingangshalle, um nach einem Zimmer zu fragen. Weiter hinten am Tresen saßen etliche Männer, deren Gesichter Irmgard sonderbar feixend erschienen. Unerklärlicherweise wurde sie sich plötzlich ihrer 55 Lebensjahre deutlich bewusst. Das irritierte sie zwar, doch entschlossen fragte sie den Wirt nach einem Doppelzimmer.

Der Mann war ausgesprochen zurückhaltend, wand sich förmlich, das banale Ansinnen zu beantworten, und erst als Irmgard ihm eindringlich schilderte, dass sie und ihr Ehemann nach einer langen Autofahrt sehr müde seien, ließ er sich erweichen. Er zeigte ihr ein durchaus akzeptables Zimmer im zweiten Stock, zwar ohne eigenes Bad, aber für günstige 28 Franken. Dass es kein Frühstück gab, fand Irmgard nicht schlimm, sie wollten sowieso schon um fünf in der Frühe aufbrechen, erklärte sie. Der Wirt versicherte noch, dass es nachts nicht laut sein würde, es sei ja kein Wochenende.

Stolz kehrte Irmgard zu Waldemar auf dem Parkplatz zurück. Dieser günstige Übernachtungspreis müsste auch ihm gefallen! Ihr umfangreiches Gepäck inklusive Tauchsieder, Tee und Kaffee wurde ins Zimmer getragen. Im Treppenhaus wunderte Waldemar sich über einige irgendwie verdächtige Frauengestalten und schnappte einen Gesprächsfetzen auf: „ … die Neue ist gerade oben bei Lilli!"

Das Abendessen unten im Lokal gestaltete sich sehr angenehm und wurde höchst nobel von vier Kellnern serviert. Als Waldemar vorm Zubettgehen zum Duschen ging, kam ihm völlig unbefangen eine splitternackte junge Frau entgegen. Er schüttelte den Kopf, berichtete Irmgard davon, als er wieder im

Zimmer war, und schlief sofort danach ein. Nicht so Irmgard, trotz ihrer dreifachen Dosis Baldrian. Sie vernahm ein eifriges Hin und Her auf den Fluren, und in den benachbarten Zimmern herrschte ein reger und eindeutiger Verkehr. Später beschrieb sie die Musik im Hause als „ganz sinnliche Klänge", die jedoch nicht das Gelächter, Juchzen und die verschiedenen Matratzenmelodien übertönen konnten. Es gab keinen Zweifel mehr: Sie waren in einem Bordell gelandet.

Gegen halb vier früh wurde die einigermaßen eingekehrte Ruhe jäh unterbrochen von der harschen Stimme des Wirtes: „Zimmerkontrolle!" Es folgte herrisches Klopfen an allen Türen. Irmgard lag starr vor Entsetzen und klammerte sich an ihre Bettdecke, war neidisch auf ihren Waldemar, der ahnungslos neben ihr schlummerte, und erinnerte sich an Geschichten aus „Das Wirtshaus im Spessart". Ihr war, als sei auch sie in einer Räuberhöhle gefangen, die sie möglichst schnell und unbeschadet verlassen müsste.

Als ihr schien, dass der Wirt seine Runde beendet hatte, machte sie Licht und weckte kurz nach vier Uhr ihren Waldemar. Flüsternd erklärte sie ihm, was sie entdeckt hatte und drängte auf sofortigen Aufbruch. Die Stille bei ihrem schweigenden Zusammenpacken wurde zerrissen durch das Geräusch kleiner Geschosse gegen die Fensterscheiben. Verängstigt starrte Irmgard ihren Mann mit offenem Mund an. Er ordnete diese Geräusche richtig ein: Jemand warf von unten Steinchen gegen die Scheiben, weil hier noch Licht brannte. Also öffnete Waldemar das Fenster und rief unwirsch: „Hallo, was ist da unten los?" Aus dem Dunkel antwortete eine Männerstimme: „Ich brauche dringend eine Frau!"
„Hier ist keine Frau. Die Frauen sind auf der anderen Seite, aber die schlafen schon", klärte Waldemar den Fremden auf.

Würde der notleidende Mann die Absage akzeptieren oder ihnen auflauern, wenn sie das Haus verließen? Und würden sie auf den Fluren womöglich über alkoholisierte Männer stolpern? Dies waren Irmgards Sorgen, als sie durch das Treppenhaus dieses Sündenpfuhls schlichen. So schnell, wie es das alte Auto zuließ, fuhren sie davon.

Zuhause wollten sie ihr blamables Erlebnis der Familie eigentlich nicht erzählen, aber die Geschichte wurde nicht lange geheim gehalten. Zu sehr genossen Waldemar und Irmgard ihre diversen Reiseerlebnisse und berichteten davon.

Mit zunehmendem Alter wurde Waldemar immer toleranter und die Familie amüsierte sich bei ihren Zusammenkünften über seinen ironischen Humor. Er und seine Irmgard gehörten übrigens zu den wenigen Eltern, die imstande waren, ihre Fehler aus der Vergangenheit zu reflektieren und um Verzeihung zu bitten. Sie entwickelten sich zu sehr liebevollen Groß- und Urgroßeltern.

Spuren

Ein großer Kriegsheld war Waldemar nicht, das hatte er auch nie sein wollen. Sein Mut hatte lediglich so weit gereicht, dass er sich nicht an Gräueltaten beteiligte oder auf Menschen schoss. Als Soldat strebte er schon früh den Dienstgrad Stabsgefreiter an, um nicht höher befördert werden zu können. Mit einer Beförderung hätte er riskiert, anderswo als in seiner Feldküche eingesetzt zu werden.

Die Motive der wenigen von ihm selbst aufgenommenen Fotos aus dem Krieg  zeigen seine Betroffenheit über die Nöte und Verwüstungen, die den Russen von den Deutschen zugefügt wurden. Er hegte darum auch niemals Groll gegen Russland. Seine Frau, eine Tochter und eine Enkeltochter bereisten die damalige Sowjetunion kurz vor ihrem Zerfall jeweils mit seiner vollen Zustimmung.

Töten konnte Waldemar noch nicht einmal eine Fliege. Allenfalls fing er sie mit der Hand ein und ließ sie draußen frei, wenn sie ihn ärgerte. Wenn seine Irmgard im Keller eine Maus vermutete, war er maximal dazu bereit, eine Mausefalle aufzustellen. Diese Empfindlichkeit und seine Kriegserlebnisse waren höchstwahrscheinlich die Ursache dafür, dass er noch viele Jahre nach dem Krieg von psychosomatischen Erkrankungen geplagt wurde. Er litt an ständigen Magenschmerzen und den Folgen zahlreicher Magen- und Darmoperationen. In den Nachkriegsjahren versank er immer wieder in Depressionen. Lange nahm er hochdosierte Schmerzmittel ein. Als Fahrer hatte er bei der Wehrmacht häufig Pervitin (heute: Crystal) erhalten, dies dürfte seine spätere Medikamentensucht ausgelöst haben. Bereits unmittelbar nach Kriegsende erhielt er vom Hausarzt regelmäßig Codein verschrieben gegen seine Hustenkrämpfe, für die es keine organische Erklärung gab.

Kein Wunder, dass Waldemar als konsequenter Kriegsgegner achtzehn Jahre nach Kriegsende seinen eigenen Söhnen half, den verhassten Kriegsdienst zu vermeiden. Seit Adenauers Wiederbewaffnung – entgegen früherer politischer Versprechungen – belegte Waldemar diesen Kanzler mit dem Attribut Lügner. Seine Söhne jedenfalls verbrachten ihre jungen Jahre der Wehrpflicht als Seefahrer bei der Handelsmarine und auf Nachfragen der Behörden wusste Waldemar nie, wo sie sich gerade aufhielten oder wann sie zu Besuch nachhause kämen.

Ohne Fehler und Vorurteile war Waldemar natürlich nicht. Seine Toleranz gegenüber Ausländern endete bei den türkischen Gastarbeitern, die er als Konkurrenz empfand. Besonders ärgerte er sich darüber, dass diese Arbeitsmigration seiner Meinung nach die Arbeitsplätze und gewerkschaftlich errungene Arbeitsverbesserungen bedrohte. Die türkischen Männer und Frauen arbeiteten oft für ein geringeres Entgelt, Waldemar glaubte, dies führe dazu, dass bei Tarifverhandlungen die Position der Arbeitgeber gegenüber den Gewerkschaften ungerecht gestärkt wurde.

Trotz aller Dispute mit seiner jüngsten Tochter zum Thema „Türken" blieb er bei seiner aus einzelnen Erlebnissen gespeisten Auffassung, dass die türkischen Kollegen sich kaum für einen reibungslosen Betrieb der Firma verantwortlich fühlten und damit letztlich die anderen, die deutschen Arbeiter, ausnutzten. Sonst hätten die Türken ja nicht so oft den Urlaub in ihrer Heimat wegen angeblicher Krankheit weit überzogen, war er überzeugt.
„Ja, es mag sein, dass nicht alle so sind", gab er in den heftigen Diskussionen zu, „aber die meisten sind so. Das habe ich doch in unserer Firma oft genug erlebt!" Für Waldemar mit seiner zwanghaften Auffassung von Pflichtgefühl und Ordnung war eine andere als seine eigene Arbeitsmoral nicht zu tolerieren.

Seinen Widerwillen gegen tiefes Wasser verlor Waldemar während des ganzen Lebens nicht. Im Urlaub in den späteren Jahren nahm er lieber kilometerlange Umwege per Auto in Kauf, bevor er auch nur eine Fähre benutzte. Zu Boots- oder Schiffsfahrten musste er lange überredet werden.

„Warum soll ich mich auf unsichere Planken begeben? Ich habe lieber festen Boden unter den Füßen, da weiß ich, wo ich stehe", begründete er seine Ablehnung grinsend.

Selbst ein Segeltörn Jahrzehnte später auf einem komfortablen Clipper zwischen den Inseln des Hawaii-Archipels war für ihn großer Stress, den er nur mit Alkohol ertrug. Das Grauen der Evakuierung über die Ostsee im Januar 1944 hatte unauslöschliche Spuren in ihm hinterlassen.

Bei Flugreisen störte ihn nicht die Enge im Flieger, sondern sein Widerwillen, ohne festen Boden sein zu müssen. Nur seiner Frau oder der Familie zuliebe – denn eine Tochter war in die USA ausgewandert – überwand er sich manchmal zu Fernreisen.

„Luft und Wasser haben keine Balken!"

Dem konnte die Familie kaum etwas entgegenhalten, versuchte aber, ihn mit Statistiken zu überzeugen. Doch egal, was die Unfallzahlen aussagten, sicher fühlte Waldemar sich nur bei Fahrten mit dem Auto. Schließlich hatte er sogar den Krieg als Fahrer eines Kraftfahrzeugs überlebt.

Der sichere Ort, den Waldemar im Krieg für Irmgard ausgesucht hatte, wurde zu seiner Heimat. Es war weniger die Stadt Detmold als vielmehr die sanfte Landschaft des südlichen Teutoburger Waldes mit der Weser im Norden, der er sich tief verbunden fühlte. Zahllose Wanderungen im Teutoburger Wald waren eine Freizeitbeschäftigung, die auch armen Leuten möglich war. Früh lernten Waldemars Kinder, Feldgehölze, Bäume und Getreidesorten zu unterscheiden oder zu erkennen, welche Feldfrüchte auf den Äckern angebaut wurden und welche Blumen in der freien Natur blühten.

Alle seine vier Kinder bewahrten die vom Vater vermittelte Liebe zur Natur, aber von der Mutter hatten sie die Sehnsucht übernommen, möglichst viel von der Welt zu sehen. Selbst als längst Erwachsene hielten die Geschwister jedoch engen Kontakt zum Elternhaus und Waldemar war bis zuletzt an ihren Erlebnissen interessiert.

Liebe Mutti!

[handschriftlicher Text]

17. Mai 1963 Dein Waldemar

Der Weg

[handschriftliches Gedicht]

zum Ziel

Detmold am 22. Januar 1961.

Geistig hellwach bis in seine letzten Tage blieb Waldemar in seiner Wahlheimat Detmold an Irmgards Seite. Noch in seinen späten Jahren versicherte er ihr immer wieder seine beständige Liebe. Nie vergaß er, ihr zu Jubiläen oder anderen besonderen Gelegenheiten liebevolle Verse zu schreiben.

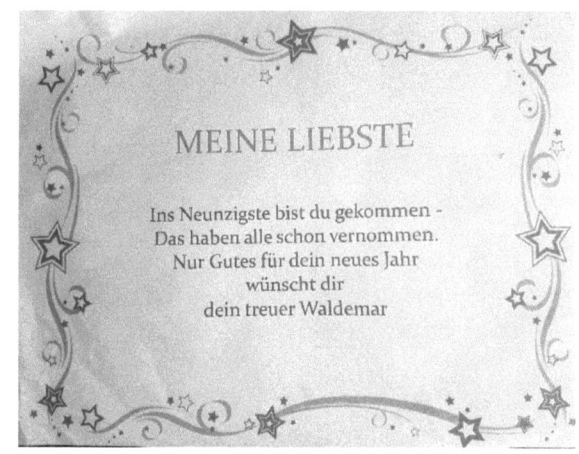

Seitdem Irmgard erblindet war, sah er die Dinge für sie, erzählte ihr davon und half ihr im Alltag. Waldemars Lebenszeit dauerte 99 Jahre und 7 Monate. Wie es sein Wunsch gewesen war, starb er zuhause.

Mein Vater

Tief liegen deine Augen und
deine Haut ist wie Papier so weiß und dünn.
Löchrig. Zu schwach selbst für deinen geschmolzenen Körper.
Die Knochen drücken Wunden hinein.
Du spricht nicht mehr viel, nimmst oft meine Hand
und streichelst sie, wie ich's als Kind hätt' gebraucht.
Dein Blick irrt ab, hält kaum etwas fest. Nach innen gerichtet
träumt er sich durch deine Erinnerungen.
Deine Gedanken sind müde
weilen meist in vergangener Zeit.

Du, mein Vater, bist müde geworden von 99 Jahren
ohne Jugend, denn ein Krieg lässt Jungsein nicht zu.
Ruhen und Schlafen füllt nun deinen Tag.
Wo bist du, wenn deine Augen geschlossen sind?
Wenn ich dich wecke und aufrichte in den Kissen, bist du bei uns.
Ich weiß aber nicht, wie oft du geweckt werden möchtest.

Das hundertste Jahr

Genau ein Jahr vor seinem Tod hatte Waldemar begonnen, ein Tagebuch zu führen, in dem er festhielt, was ihm wichtig erschien. Damit erfüllte er eine Bitte seiner Tochter, die festgestellt hatte, dass er bisher täglich nur seine körperlichen Befindlichkeiten und Medikamenteneinnahmen aufgezeichnet hatte.

„Wenn du schon Tagebuch schreibst, dann halte doch für deine Nachkommen das fest, was du denkst, tust, und was dir wichtig ist. Das finden wir alle viel interessanter", hatte die Tochter ihn aufgefordert und dem Vater ein großes Blanko-Buch gegeben. Diesem Wunsch war Waldemar erfreut nachgekommen.

Schon immer hatte er gerne gelesen und geschrieben. Seit er in Rente war, hatte er sich gewissermaßen komplett durch die Stadtbücherei gelesen und jedes belletristische Buch aus den Regalen der Tochter kannte er ebenfalls. Aber ebenso liebte er es, seine eigenen Gedanken aufzuschreiben. Manches ironische Gedicht oder einen gelungenen Aphorismus brachte er der Tochter und bat sie, es „ordentlich in den Computer" zu schreiben und auszudrucken. Die neuen digitalen Möglichkeiten bewunderte und nutzte er, bemühte sich allerdings nicht mehr, sie wirklich zu verstehen, sondern schüttelte scheinbar ungläubig den Kopf und grinste, sobald er das gewünschte Ergebnis in Händen hielt.

Im Übergang von seinem achtundneunzigsten zum neunundneunzigsten Jahr war ein sehr kritischer körperlicher Zustand eingetreten und Waldemar musste notfallmäßig ins Krankenhaus eingeliefert werden. Dort konnte eine gefährliche Stoffwechsel-Entgleisung nach längerem Aufenthalt weitgehend beseitigt werden. Danach verbrachte er drei Wochen in einem Pflegeheim, bis seine Wohnung für die Versorgung eines bettlägerigen Pflegebedürftigen ausgestattet war. In dieser Zeit schien er sich in eine Resignation fallen zu lassen. Die

Familie erkannte, dass er sich im Pflegeheim ganz in sich selbst zurückzog, vom Leben abkehrte und noch weniger Nahrung zu sich nahm als vorher.
„Willst du denn lieber sterben?" fragte Irmgard ihn.
„Nein, jetzt noch nicht", war seine klare Antwort.
Daher wurde er so schnell wie möglich nach Hause geholt. Mit viel Engagement und Einsatz aller verfügbaren Hilfe gelang es, Waldemar wieder auf die Beine zu bringen. Er konnte einiges aus seinem gewohnten Alltag wieder aufnehmen, wenn auch in körperlich stark reduziertem Zustand.

So schrieb er in seinem letzten, hundertsten Lebensjahr jeden Morgen, meistens auch am Abend, in bemüht moderner Schrift, anstatt im gewohnten Sütterlin-Latein-Gemisch, seine Notizen auf. Seine Nachfrage nach Kugelschreibern für diese Aufzeichnungen war beachtlich.

Die entstandenen Eintragungen zeigen, wie sehr sich Waldemars Wahrnehmungen und Interessen immer stärker auf das ganz nahe Umfeld verengen, aber sie beweisen auch, welch große Bedeutung seine Kirche und eine tiefe, unbeirrbare Gläubigkeit bis zuletzt für ihn hatte. Die Bemerkungen zu den externen Pflegerinnen machen deutlich, wie wichtig dem alten Mann geregelte, von ihm vorhersehbare und pünktliche Abläufe waren. Solche Bedingungen kann ambulante Pflege allerdings kaum leisten.

Telefonieren war Waldemar trotz spezieller Geräte für Hörbehinderte aufgrund seiner extremen Schwerhörigkeit nicht mehr möglich. So, wie er das Sehen für seine blinde Irmgard übernahm, war sie zuständig für akustische Wahrnehmungen.

Seine längst vergangenen Lebenserfahrungen waren Waldemar bis in die letzten Tage präsent. Wenn die Tochter ihn nach den frühen Erlebnissen fragte, freute er sich immer. Dann erzählte er engagiert, unterbrach sich jedoch häufig, weil er versuchte, sich an einen bestimmten Namen oder Ort zu erinnern. Gelang ihm dies nicht, machte er eine unwirsche Handbewegung und warf ein:
„Ach, ist ja auch egal. Das ist alles so lange her …"
Über die gelegentlichen Wortfindungsstörungen ärgerte er sich sehr. Als er herausfand, dass diese Formulierungsschwierigkeiten von seinen Schmerzmedikamenten verschlimmert wurden, setzte er sie radikal ab. Dadurch reduzierten sich sofort auch seine Schwindelanfälle sowie die ständige Sturzgefahr deutlich, was die Familie sehr erleichterte, denn mehrfach war es zu Wirbel-

und Rippenbrüchen gekommen. Später stellte sich heraus, dass niedrig dosierte Opiatpflaster seine Schmerzen ohne allzu gravierende Beeinträchtigungen ein wenig besserten.

Tagebücher: Mal sehen, was der Tag bringt

Der erste Teil des Tagebuches ist die ungekürzte Wiedergabe des Originals, um die Gedankenwelt des alten Mannes zu verdeutlichen; später werden viele Eintragungen weggelassen, sofern sie lediglich Wiederholungen oder Wetterbeobachtungen sind. Dort, wo an manchen Stellen Waldemars Tagebucheintragungen für den Leser unverständlich sein könnten, wurden Erläuterungen in Kursivschrift hinzugefügt.

Februar 2017

27. Februar: Irmgards Geburtstag: es war ein ereignisreicher Tag mit viel Freude und Segen

28. Februar: Heute ist es ruhig

März 2017

1. März: Nichts Besonderes

2. März: An Irmgards Sessel ist ein Rollfuß abgebrochen. Das wird viel Arbeit. Ich habe den neuen Toilettensitz montiert. Prima Sache!

3. März: Peter hat den Fernseher wieder in Ordnung gemacht. Irmgard hat eine eigene Fernbedienung für Blinde bekommen. Ich habe am Waschbecken in der Waschküche den oberen Abfluss in Ordnung gebracht.

4. März: Gerda hat eingekauft. Wir warten auf das segensreiche Ereignis am Sonntag.

5. März: Diesen Sonntag werden wir nicht so schnell vergessen können oder in Worten wiederholen.

6. März: Großes Putzen von Schwester Beate. *(Pflegerin hat den Vater geduscht)* Die Montagseier sind gut geraten. *(Immer montags kochte er Frühstückseier und versuchte, die spezielle „Weichheit" zu treffen, die seine Frau liebte.)*

7. März *morgens:* Der Tag fängt erst an. *Abends:* Der Tag ist ohne irgendwelche Ereignisse verlaufen.

8. März: Als erstes ein Paket für oben angenommen. Landeszeitung erhalten. Fehler in der Waschküche gefunden, es ist ein Entwässerungsrohr für Kondenswasser aus der Heizung. *(Aus diesem Schlauch tropft Wasser in den Ausguss, er befindet sich seit Jahren dort, aber Waldemar glaubte plötzlich, dass etwas undicht sein müsste.)*

9. März *morgens:* Der Treppenlift soll fertig gemacht werden. Gerda und Irmgard besuchen Elisabeth und Dieter *(kranke Schwiegertochter und Sohn).* *Abends:* Elisabeth ist zufrieden. Der Lift ist fertig.

10. März *morgens:* Heute soll es ein Ruhetag werden. *Abends:* Diese Aussicht wurde aber bald beendet. Dafür sorgte in reichlichem Maße Irmgards Stubentiger. *(Vermutlich hatte sich der Kater in der Wohnung erbrochen oder ist mit dem Hund der Tochter aneinander geraten)*

11. März: Mit gutem Frühstück und Gesprächen begonnen. Beendet mit ebensolchen Gesprächen mit unserer „Missionarin" Rachel. *(Urenkelin)* Schön, zuzuhören!

12. März: Heute hat Irmgard Gelegenheit, mit Maria und Christa zum Gottesdienst mitzufahren. Sigrid *(Tochter)* angerufen, zum Geburtstag gratuliert. So ist der Tag zu Ende.

13. März: Der Tag beginnt mit großem Duschen, sonst mit Gebet und Frühstück.

14. März: Heute ohne Wecker wach geworden, der Kater wartete schon und machte Krach. Nach dem Gebet den Frühstückstisch gedeckt und auf Irmgard gewartet.

15. März: Heut hat Olga *(Pflegerin)* Irmgard und mich gewogen. Der Kaffee kocht. Ich decke den Tisch. Habe noch lange Zeit Pudding gekocht. *(Dabei handelte es sich um diverse Varianten aus Obst, Rosinen, Haferflocken und Puddingpulver)*

16. März: Fühle mich nicht wohl. Hoffe, dass es besser wird. Im Laufe des Tages wurde es besser, Irmgard war auch krank. Nahemi *(Urenkelin)* hat Geburtstag, sie weiß was sie will. Prima!

17. März: Olga hat sich erst mal wieder abgemeldet, Montag kommt Tatjana. *(Pflegerinnen)* Irmgard war mit Gerda einkaufen!

18. März: Trübes Wetter. Es hat die ganze Nacht geregnet. Mittags ist es gut. Irmgard und Gerda sind am Osterschmücken. Ich muss schnell den runden Tisch draußen herrichten. Alles ist nun topp.

19. März: Sonntag. Heute ist der große Gnaden- und Segenstag, auf den wir uns so lange gefreut haben. In kurzer Zeit hören wir das Neueste vom Thron Gottes. *(Gottesdienstübertragung per Telefon)*

20. März: Beate kommt zwischen 9.00 und 9.30 Uhr. Der Tag fing mit Duschen an. Haferflocken gekocht.

21. März *morgens:* Heute bis jetzt nichts Besonderes. *Abends:* So ist es auch geblieben. Irmgard meint, bei den Haferflocken soll Milch mitgekocht werden. Bei mir brennt Milch immer an.

22. März: Tanja hat mich geweckt. Es ist volle Sonne und so blieb es. Mir wurden von Gerda neue Hausschuhe versprochen. Heute klappte es mit den Haferflocken mit Milch gut!

23. März: Der Tag fing für mich mit Arbeit an. Der Kater hatte die Küche von vorn bis hinten vollgekotzt…

24. März: Ein schöner Sonnentag.

25. März: Ein schöner Sonnentag. Der Kater hat wieder die Küche vollgek…

26. März: Ein wunderschöner Sonntag. Die Uhren werden eine Stunde vorgestellt.

27. März: Olga ist krank. Die Vertretung hat wenig Ahnung. Ein turbulenter Tag, die Putzhilfe war eher da als die Pflegerin, die hat mich geduscht und mit dem Badetuch abgerieben und sich dann vom Acker gemacht. Toll! *(Das Ankleiden wäre ebenfalls ihre Aufgabe gewesen)*

28. März: Ein sonniger Tagesanfang.

29. März *morgens*: Olga ist immer noch krank. Ihre Vertretung redet sehr viel, aber ist auszuhalten. Heute werden Frikadellen gebacken. *Abends*: Frikadellen sind prima geworden.

30. März *morgens*: Ein sonniger Morgen. Ich mache den Frühstückstisch fertig. Nach dem Frühstück wird wohl im Garten Arbeit sein. *Abends*: So war es. Es mussten Ranken zurückgeschnitten werden. Es gab viel Arbeit und für uns viel gute Luft.

31. März: Ein schöner Sommer-Sonnentag. Trotzdem Schwester Gudrun sehr spät kam, bin ich mit Irmgards Hilfe klargekommen und wir haben im Garten und auf der Terrasse alles sauber, was nun auch schön aussieht. Prima! Haferflocken in Milch gekocht ohne anzubrennen!!!

April 2017

01. April: Ein schöner Sommertag mit ein wenig Arbeit und Sonnenbaden. *(Wenn von Arbeit gesprochen wird, bedeutet dies, dass Waldemar kleine Dinge in der Kellerwerkstatt oder im Garten erledigt oder repariert hat)* Wir warten aber auf Regen. Ich bin doch auf einen Aprilscherz reingefallen. (Peinsam!)

02. April *morgens*: Die Sonne ist noch nicht zu sehen. *Abends*: Sie kam aber und hat uns erfreut. Wir haben es uns gut gehen lassen.

03. April: Großer Duschtag. Mit Elan fing der Tag an. Abends große Diskussion über Krankenhauskeime und Verbesserungen.

04. April: Ein sonniger Tag mit viel Hoffnung. Irmgard und Gerda mussten *(wegen eines Blinden-Vorlesegerätes)* früh nach Karbach, aber es fehlt noch etwas. *(Bescheinigung)*

05. April: Außer Waschen ist noch nichts für mich vorgesehen. Die Sonne scheint schön. Später: Die Pflegeschwester wusste viel zu sagen. Zum Mittagessen gab es wieder Huhn. Bald kann ich wohl auch selber Eier legen! Mir wurde verkehrtes Rasierwasser mitgebracht. Es ist so eine Schmiere, ich weiß nicht, wofür.

06. April: Ein trüber Tag. Muss den Kaffeeautomaten entkalken. Sonst ist nichts vorgesehen.

07. April: Es war ein trüber Tag, der sich aber noch mit Sonne verbesserte. Es wurde ein ereignisvoller Tag. Mit Irmgard gute Gespräche geführt über Jesu Verurteilung und Kreuzigung.

08. April *morgens:* Es ist wieder ein trüber Tag. Heute beginnt ein Tag, an dem der Kaffee nach alter Art gebraut wird. *(Kaffeemaschine war defekt) abends:* Später wurde das Wetter besser.

09. April: Irmgard wird heute zur Kirche abgeholt. Ich habe auch noch Vergebung erhalten, Kurt hat mir das Abendmahl gebracht. *(Besuch des Priesters)* Danke!

10. April *morgens:* Olga ist noch krank. Die Vertretung kommt erst um 10.00 Uhr, Irmgards Haushaltshilfe aber schon um 10.15 Uhr. So drängt sich alles zusammen. *Abends:* Es war ein ereignisvoller Tag. Jetzt ist Ruhe.

11. April: Fußpflege. Ich habe verschlafen, viel versäumt habe ich nicht.

12. April: Es ist am Regnen, alles trübselig. Die Pflegerin Heike redet einen dumm und dämlich. *(Vermutlich zu schnell, dann konnte Waldemar nicht mehr folgen)* Ab morgen soll eine andere kommen.

13. April: Es ist am Regnen. Laut Wetterbericht soll es Ostern regnen.

14. April: Irmgard wurde zum Gottesdienst abgeholt.

15. April: Es hat nachts geregnet und ist am Regnen. Später wurde es besser.

16. April: Heute hatten wir Übertragung *(Gottesdienst über Telefon)* aus Wuppertal. Es war schwer, sich danach wieder in dieser Niederung zurechtzufinden.

17. April: Heut war für Irmgard und mich Duschen angesagt und gemacht. Nun sind wir sauber für die Woche. Peter *(Enkel)* musste wieder nach Stuttgart. Dieter *(Sohn)* hat Arbeit mit Elisabeth *(schwer kranke Schwiegertochter)*.

18. April: Ein regnerischer, trüber Tag. Es wurde Frost angesagt. Mein Thermometer zeigt 14 Grad über Null.

19. April: Ein sonniger Morgen nach frostiger Nacht. Die Pflegerinnen kamen in doppelter Besetzung, aber spät um 9.45 Uhr. Der Magnolienbaum ist rot, d.h., die Blätter vom Frost.

20. April: Nach frostiger Nacht (-4 Grad) liegt nun alles in der Sonne. Gerda und Irmgard sind Einkaufen. Melanie und Nahemi *(Enkelin und Urenkelin)* haben Grundreinigung gemacht. War auch nötig. (Kater!)

21. April: Pflegerin kam drei Stunden später. So ist alles anders. Die Sonne ist auch noch nicht zu sehen. Dafür kein Frost.

22. April: Heut morgen nach Regen Sonne. Bin selber erschüttert über meine Vergesslichkeit. Mein Kopfhörer ist gar nicht kaputt. *(TV-Kopfhörer hielt Waldemar für defekt, er hatte aber nur den Regler nicht hochgedreht. Fast hätte er die Kopfhörer weggeworfen)*

23. April: Heute haben wir hier keinen Gottesdienst, dafür hat die *(Kirchen-)* Jugend einen Feiertag. Irmgard, Gerda und ich hatten einen Disput wegen dem Kater. Und die Politik kann einem den ganzen Tag vergrämen.

24. April: Nach Frost -1 Grad wolkig, stürmisch und kalt. Disput wegen Kater. Ich musste wieder die Küche sauber machen, die der Kater vollgekotzt hat. Wann sieht Irmgard ein, dass es so nicht weitergehen kann?

25. April: Trübes Wetter und kalt. Hat geregnet. Kater ist aus dem Haus verbannt. Gerda hat Geburtstag, ich will ihr nachher gratulieren. Es wurde ein schöner Tag und Gerda hat mit uns eine Rundfahrt durch Lippe gemacht.

26. April: Ein sonniger Morgen. Mal sehen, was der Tag bringt.

27. April: *(Kein Eintrag, nur ein ? gesetzt)*

28. April: Die Sonne scheint, die Pflegerin hat mich für den Tag fertig gemacht. Irmgard ist krank geworden, sehr heftige Blasenschmerzen.

29. April: Nachts war hier kein Frost, es ist hell ohne Sonne. Irmgard geht es wieder besser.

30. April: Bruder N. *(der nächstälteste Glaubensbruder seiner Gemeinde)* ist heimgegangen. Irmgard geht es etwas besser, mir nicht.

Mai 2017

01. Mai: Irmgard möchte noch im Bett bleiben. Ich hatte Duschtag, meine Pflegerin hat mich sauber in den Mai geschickt. Später ist Irmgard doch aufgestanden und wir haben gute Gespräche geführt.

02. Mai: Irmgard geht es besser. Das Wetter ist regnerisch. Gerda hat eben zwei Pakete bekommen. Peter holt sein neues, großes Auto.

03. Mai: *(kein Eintrag)*

04. Mai: Bei den Diakonie-Pflegerinnen ist ein Durcheinander mit den Hausschlüsseln. Gerda muss sich mal darum kümmern.

04. Mai: Ich bin zwei Tage aus der Spur. Heute habe ich eine andere Art Vorlagen *(wg. leichter Inkontinenz)* ausprobiert. Mal sehen, wie das bei der Diakonie *(Pflegedienst)* ankommt.

05. Mai: Heute wird Wolfgang N. verabschiedet und beerdigt. Es hat geregnet und wird wohl bald wieder regnen.

06. Mai: Trockenes, mittelwarmes Wetter ohne Sonne. Peter ist mit seinem neuen Auto da! Habe mit Peter eine Rundfahrt gemacht, er hat mir alle Dinge erklärt. Er kann ohne das Lenkrad zu halten, das Auto fahren lassen. Ist mir schon unheimlich.

07. Mai: Sehr gute Telefonübertragung vom Apostel-Gottesdienst aus Bielefeld. Heute hat Peter Geburtstag und ich habe ihn mit meinem alten Geburtstagsgedicht begrüßt. Es gefiel ihm.

08. Mai: Habe die ersten Stare und Schwalben gesehen. Wir haben für Dieter und Elisabeth Königsberger Klöße gekocht. Morgen werden sie ihnen gebracht.

09. Mai: Ein sehr sonniger Tag. Irmgard und Gerda fahren nach Unna, um Dieter und Elisabeth die Klopse zu bringen. *(Es war ein Krankenbesuch)*

10. Mai: Wir hatten Nachfrost -1,5 Grad, aber jetzt ist es sonnig. Irmgard und Gerda waren gestern bei Dieter, die Klopse kamen gut an und wurden abends gegessen. Elisabeth geht es nicht gut. Siggi *(andere Tochter in USA)* hat angerufen und sich über alles Sorgen gemacht.

11. Mai: Wir hatten wieder Nachtfrost -2,5 Grad, tagsüber Sonne bis 25 Grad.

12. Mai: Es ist am Regnen und soll auch noch mehr regnen. Aus der Apotheke bekam ich meine Augentropfen.

13. Mai: Es ist trübes, warmes Wetter und soll regnen, vielleicht auch gewittern.

14. Mai: Heute konnte Irmgard mit Maria zum Gottesdienst mitfahren. Wir hatten noch schönes, sonniges Wetter, aber nachmittags war ein richtiges Gewitter mit Blitz, Donner und Hagel. Abends ist es wieder ruhig.

15. Mai: Duschen und ausgiebig gefrühstückt.

16. Mai: Warme Nacht und dunstiger Himmel. Irmgard hat alle Wäsche draußen getrocknet.

17. Mai *morgens*: Es soll ein heißer Tag werden. Gestern hat Irmgard alle Wäsche draußen getrocknet. *Abends*: Wir waren beim Frisör. Nachher haben Irmgard und Gerda noch einen Gartensessel gekauft. Von Witt kam ein großes Paket mit Wäsche. *(Neue Kleidung)*

18. Mai: Heute Morgen bekam Irmgard dunkle Wäscheteile getrocknet und dann kam ein schweres Gewitter, das den Tag über anhielt. Es kam sehr viel Wasser runter.

19. Mai: Trübe und regnerisch. Die Heizung ist kalt. Später schien die Sonne, Irmgard hat viel Kraut aus der Wiese gerupft. Gerda hat meine vergessenen Sachen eingesammelt. Danke!

20. Mai: Heute Morgen ist herrlicher Sonnenschein. Die Vorhänge und Jalousien müssen unten bleiben. *Abends*: Habe manche Arbeiten gemacht, die wenig zu sehen sind. Habe mir bewiesen, dass ich noch Manches tun kann.

21. Mai: Irmgard war beim Gottesdienst. Vom Vorsteher wurden alle Namen der Geschwister vorgelesen, die nicht mehr zum Gottesdienst kommen können, ihnen wurden Grüße bestellt und im Gebet unserem himmlischen Vater anempfohlen.

22. Mai: Heut fing der Tag mit Duschen an. Es war ein sehr schöner Tag, so dass ich viel draußen sein konnte.

23. Mai: Herrliches Wetter. Heute kommt die Fußpflegerin, sonst kommt kein Fremder ins Haus.

24. Mai: *kein Eintrag*

25. Mai: Heute ist Himmelfahrt, aber mir ist gar nicht feierlich zumute. Irmgard ist krank.

26. Mai: Irmgard ist immer noch nicht okay. Schwester Ute versprach mir, nächste Woche wiederzukommen. Sie kommt gern nach uns, weil wir immer freundlich sind.

27. Mai: Irmgard will mit Gerda und Peter zum Wochenmarkt in die Stadt. Dann hat sie es sich anders überlegt. Das Wetter soll heute sehr heiß werden. *Abends*: Wurde es auch.

28. Mai: Heute ist es nicht so heiß geworden wie angesagt. Peter sucht die Dinge zusammen, die er in seine neue Wohnung mitnehmen will.

29. Mai: Es ist ein heißer Tag. Peter hat sich für den Umzug fertig gemacht und verabschiedet. Es sind schwere Unwetter angesagt. Vielleicht ziehen sie an uns vorüber.

30. Mai: Es hat geregnet, wurde dann aber sehr warm. Ich habe am Abend gut gegessen.

31. Mai: Heute sagte mir Ute wieder, dass sie gerne nach uns kommt. Es ist sonnig, aber kalter Wind.

Im folgenden Abschnitt wurden Waldemars Tagebucheinträge von der Autorin so ausgewählt oder gekürzt, dass die zunehmenden Wahrnehmungs-Einschränkungen zwar noch deutlich werden sollen, aber auf Wiederholungen oder Waldemars Beobachtungen des Wetters wird verzichtet – auch wenn diese Betrachtungen für ihn immer von Bedeutung waren. Die Notizen der für ihn besonders wichtigen Ereignisse werden jedoch weiterhin aufgeführt.

Juni 2017

01. Juni: Wir hatten viel lieben Besuch von Siggi und Schwiegersohn aus den USA. Es war schön.

03. Juni: Gerda will heute zu Peter fahren. Wir wünschen gute Fahrt. Es gibt schlimme Unwetter-Warnungen. Gerda will sich melden, wenn sie angekommen ist. Wir warten auf die Übertragung des Stammapostels morgen früh aus Wien.

04. Juni: Eben ist der Gottesdienst aus Wien beendet. Ich kann noch nicht etwas richtig denken. Der Grundton war: Die Jugend ist unsere Zukunft. Der Tag verlief weiterhin in Freude mit guten Gesprächen. Irmgard hatte die Viel- und

Langsprecherin Rachel am Ohr *(Telefon)*, so dass unsere Nachbarin oben zweimal von Gerda angerufen wurde, weil sie dachte, dass bei uns was passiert sei.

06. Juni: Heute soll das große Spargelessen stattfinden. *Abends:* Es war besser, als ich es mir gedacht hatte. Sigrid brachte alles mit, was nötig war. Wir haben uns alle sehr gefreut und ich konnte mich von allen schön verabschieden, um mich hinzulegen. Später haben Irmgard und ich uns noch lange über alles unterhalten.

07. Juni: Heute haben wir verschlafen, sind trotzdem noch gut fertig geworden. Melanie kam zum Putzen. Dabei kam es zu hitzigen Debatten, was bei ihrem Temperament ja vorkommt. Der Kater war zwei Tage verschwunden und war zu meinem Bedauern heute wieder da. Ce *(C'est)* la vie.

09. Juni: Heute Morgen schien wieder die Sonne, als Tatjana mich fertig machte. Dann gab es ein technisches Problem. In der Küche ist eine Leuchtröhre kaputt. Ersatz ist genug da. Aber wer steigt auf die Stehleiter? *(Tochter ist noch verreist)* Wir mussten unsere Stehleuchten umstellen. Heute ist Elisabeth *(Schwiegertochter)* eingeschlafen. Dieter rief heute Morgen gleich an. Siggi und Mike sind ja noch bis zum 13.6. bei ihm und helfen bei all der Arbeit, die nun noch zu tun ist. Die Bestattung soll in zwei bis drei Wochen sein.

10. Juni: Mal sehen, was der Tag bringt. *Abends:* Noch immer kein Mensch, der drei Stufen hoch die kaputte Röhre tauschen kann. Nachbars Jungen haben oben und unten den Rasen gemäht bis der Akku leer war. Wir haben uns darüber gefreut. Unser tägliches Vollsprechen haben wir überstanden. *(Vermutlich ist das vereinbarte Nachschauen der Mieterin aus dem Obergeschoss gemeint.)* Die Pakete von Witt sind ausgepackt und freudig bestaunt.

11. Juni: Heut Morgen freudige Nachricht von Kurt P., für Dienstagnachmittag hat der Apostel die Senioren in die Kirche eingeladen. Ich habe meinen Rollstuhl dafür fit gemacht, damit ich hin kann.

12. Juni: Der Rollstuhl ist doch nicht fertig. Die Fußstützen sind nicht dran und ich kann sie nicht dran machen. Hoffe, dass Kurt es kann. Noch was Gutes: Der Wäschetrockner arbeitet, wie es sein soll. Siggi und Meik sind auf der Heimreise.

13. Juni: Ob ich heute Nachmittag mit zur Kirche kann, weiß ich noch nicht. *Abends*: Wir konnten beide nicht hin, Irmgard bekam plötzlich Nierenschmerzen.

14. Juni: Heute Morgen konnte mich Ute nur am Waschbecken waschen. Sonst war gutes Wetter, dass wir draußen sitzen konnten. Heute Abend kam Gerda gesund zurück. Wir haben uns alle sehr gefreut.

15. Juni: Mal sehen, was der Tag bringt. Peter ist für ein verlängertes Wochenende nach Hause gekommen, wir freuen uns. Nachmittags waren sehr schwere Gewitter mit viel Wasser, wie lange nicht mehr.

16. Juni: Heute Morgen hat mir Ute *(Pflegerin)* wieder viel erzählt, was das Gewitter in Heiden *(Ortsteil)* für Schaden machte. Ute hatte alle Stecker in der Wohnung rausgezogen. Gerda hat viel für uns eingekauft und Peter hat unser Telefon wieder so eingestellt, dass jetzt nur noch die aktuellen Daten *(sic!)* gespeichert sind.

17. Juni: Der Kater war der erste, der sein Futter verlangte und nun auf dem Platz seiner Chefin schläft. Ich mache das Frühstück fertig. *Abends*: Nach dem Frühstück sollte ich Kartoffeln schälen. Das artete aus wie in einer Hotelküche, wo 3 bis 4 Gerichte gleichzeitig fertig gemacht werden. Mittags war aber alles fertig. Peter ist auf dem Heimweg zu seiner neuen Wohnung. So ist dieser Sonnabend vergangen. Irmgard ist noch krank.

18. Juni: Der Tag ist ein Gnadens- und Segenstag im wahrsten Sinne geworden. Nach dem Telefon-Gottesdienst kam Kurt und feierte mit uns das heilige Abendmahl. Nach der Mittagsruhe machte Gerda mit uns eine schöne Lipperland-Fahrt, die uns wieder zeigte, was unsere schöne Heimat zu bieten hat. Herzlichen Dank an Gerda.

19. Juni: Heute Morgen ging es erstmal in die Waschstraße zum Duschen. Schwester Ute hat mich von Kopf bis Fuß neu gemacht. Dann war auch schon die Haushilfe da. Wir hatten Frühstück, danach setzten wir uns in den Schatten unterm Fliederbaum. Nun mal sehen, wie der Nachmittag weitergeht. Habe das Programm fürs Fernsehen durchgesehen, aber für mich ist nichts dabei.

20. Juni: Heute Termin beim HNO-Arzt gehabt und seitdem die Betäubung nachlässt, ist es schlimmer als vorher. Ich kann nicht mehr klar denken. *(Beeinträchtigung durch das Medikament)*

21. Juni: Es ist sonnig. Über Nacht ist es mit der Nase besser geworden. Nun mal sehen, was dieser Tag alles bringt. *Abends:* Nach dem Frühstück konnten wir uns schon unter den Flieder hinsetzen und uns „beschatten" lassen. Nach der Mittagsruhe saßen wir auf der Terrasse und warteten, dass Gerda mit dem Scheich *(Hund)* kam, um den Kater zu verjagen, was ja ein Ritual ist. Hilde *(Irmgards Schwester)* kommt Sonnabend.

23. Juni: Eben war Frau M. da *(Nachbarin)*, heute Abend will sie nochmal reinsehen. Dann ist auch das überstanden. Um 12.15 Uhr hat das Telefon so drei Mal geklingelt, immer die gleiche Nummer.
Ich bin jetzt bei euch.
Irmgard kam früher als gedacht mit Gerda wieder nachhause. *(Von der Beerdigung der Schwiegertochter)* Beide sehr müde, Gerda als Fahrer nun besonders. Später hat Irmgard mir alles erzählt, wie es gewesen ist.

24. Juni: Der Wind ist kalt, ich halte heute Fenster und Türen zu. Gegen Mittag erwarten wir Ortwin und Hilde und Tochter. *Abends:* Unser lieber Besuch ist pünktlich eingetroffen und wir haben den mitgebrachten Kartoffelsalat mit Detmolder Originalwurst draußen unterm Fliederbaum essen können. Viel zu schnell ging die Zeit vorbei. Ortwin hat auch morgen, Sonntag, den Gottesdienst zu halten. Der Nachmittag ging friedlich zu Ende.

26. Juni: Heute kam das langersehnte Blinden-Lesegerät. *(Irmgard ist blind)* Irmgard und Hilde sind am Einstellen. Das Gerät hat uns schon mal unterhalten. Meine Graupensuppe habe ich heute unter Irmgards Anleitung gekocht. Es ist mehr eine Stippgrütze geworden. *(Hier übertreibt Waldemar sehr, weil er lieber eine dünne Wassersuppe haben möchte.)* Soll bei Bedarf mit Wasser verbessert werden. Na ja, was soll's.

27. Juni: Der Tag war wohl nicht erwähnenswert. Nachdem ich neue Batterien in ein neues Thermometer eingesetzt hatte, wurde nach Krankheiten gesucht, die zu der Temperatur passten. Sonst weiß ich nichts mehr.

28. Juni: Ich bin wohl mit den Tagen durcheinander.

29. Juni: Heute scheint schon morgens die Sonne. Wir warten auf Anne. *(Schwester von Irmgard und Hilde)* Anne kam und unter viel Geschnatter wurde es Mittag mit Nudelsuppe. Nach der Mittagsruhe wurde noch viel erzählt, bis Herfried *(Annes Schwiegersohn)* kam und Anne wieder abholte. Nun ist alles wieder normal.

30. Juni: Die Gesetze *(Bibel? Politik?)* wurden noch mal diskutiert. Sonst weiß ich nichts mehr.

Reduzierungen

Ab nun wird Waldemars Schrift streckenweise sehr wackelig, es kommt häufiger zu Rechtschreibfehlern bzw. zum Auslassen oder Verdrehen von Buchstaben. Auch die Tagesdaten werden nicht immer richtig genannt. Aber seit Ende August fehlt nie als Abschluss der Tagesnotiz der Zusatz „Gute Nacht". Seinen ironischen Humor – oft sogar sarkastisch, wenn es ums Essen geht – behält er weiterhin. Der möglicherweise entstehende Eindruck, dass Waldemar die Nahrung zugeteilt wurde oder Vorräte knapp gewesen seien, trifft nicht die Realität. Ganz im Gegenteil wurde versucht, irgendetwas zu finden, das er essen oder trinken mochte. Es ist wahrscheinlich, dass seine alten Erfahrungen und Gefühle aus der Kriegs- und Hungerzeit im Zusammenhang mit der Ernährung im hohen Alter wieder aktiviert wurden.

Sehr bedeutsam für Waldemar wird in den letzten Monaten die Pflegerin Ute. In seinen Aufzeichnungen erscheint dieser Name grundsätzlich nur in Großbuchstaben. Wenn UTE Dienst hat, ist die Welt für ihn geordnet. Vertretungen mag er nicht gern, obwohl er rational durchaus nachvollziehen kann, dass seine Pflegerin auch mal krank oder in Urlaub sein könnte. Seine Fixierung auf diese Pflegerin geht so weit, dass seine Frau Irmgard sich ärgert und sogar eifersüchtig wird.

Eine gewisse Zwanghaftigkeit hatte Waldemar schon durch sein ganzes Leben begleitet; damit erklärt sich vermutlich, dass es ihn verunsichert, wenn die Tochter (als Hauptpflegeperson) einige Tage abwesend ist und sich stattdessen eine gut bekannte Vertreterin um ihn kümmert. Für die Familie bedeutsame

Ereignisse (z.B. ein Sturz Waldemars, Übelkeit mit Erbrechen oder auch angenehme Aktivitäten) werden von ihm nur selten erwähnt. Es zeigt sich eine zunehmende Verschiebung der Ereignis-Bewertung.

Juli 2017

01. Juli: Heute haben wir einen Gottesdienst erlebt, wie er sonst nicht da war. Der Bischof führte uns so recht vor, dass wir auch denen vergeben müssen, die uns sehr viel Unrecht getan haben (Politiker der Weltmächte). Aber alle Menschen haben den eigenen Willen und müssen wollen.

03. Juli: Wir hatten einen schönen Sonnentag und alle hatten auch bessere Laune. Wir saßen viel draußen. Es gab Pellkartoffeln mit Hering, soviel, wie jeder mochte. Nach der Mittagsruhe machte jeder, wozu er Lust hatte.

04. Juli *Abends*: Ich konnte nicht schreiben, meine Hand zitterte zu sehr. Irmgard und Hilde machten einen schönen Spaziergang. Kauften bei unserem alten Bienenhalter 5 Kilo Honig. *(fünf Gläser)* Spätnachmittag hat uns Dieter besucht. Haben uns alle darüber gefreut.

05. Juli: Ute kam sehr spät zum Waschen. Sie hatte mit einer Patientin viele Schwierigkeiten und das war eine Ausnahme. Freitag wird es wieder besser.

06. Juli: Wir hatten einen vollen Tag – Frühstück, Melanie hat gebügelt und Rasen gemäht und gleichzeitig kam Frau Kl. zum Fußnägelschneiden/-Pflege. Ich habe Pellkartoffeln aufgesetzt, mal sehen, was draus wird.
Ist alles gut gegangen. Jeder hatte zu Mittag, was er möchte. Nachmittags machten die Frauen einen ausgiebigen Spaziergang mit anschließendem Einkauf. Darauf warte ich noch.
Später: Haben auch was Schönes zum Essen mitgebracht. Alle sind zufrieden, jeder tut, was er möchte.

07. Juli: Schwester Ute hat mich zurechtgemacht und versprochen, anzurufen, wann sie Montag zum Duschen kommen kann. Nun werde ich in Ruhe Kaffee trinken.
Zum Mittag musste ich eine Heringspackung aufmachen, was Aufregung und

Ärger brachte. Nachmittags konnten wir wieder unterm Fliederbusch sitzen und manche Erlebnisse erzählen.

08. Juli: Es ist ein trüber, verhangener Morgen. Was der Tag noch für uns hat, wollen wir abwarten. *Abends*: Ich weiß es nicht mehr.

09. Juli: Irmgard und Hilde konnten zum Gottesdienst mitgenommen werden. Ich hatte sehr mit Schwindelanfällen zu kämpfen, das dauerte bis Mittag. Ich wünschte mir manchmal, es ginge mir wie Max. *(Ein Schwager, der im Liegestuhl ruhend friedlich verstarb.)* Aber das kann man sich zum Glück nicht aussuchen.

10. Juli: Es war ein hektischer Vormittag mit Duschen und Haushaltshilfe. Nach der Mittagsruhe hat Hilde die Stehlampe alleine in Ordnung gebracht, an der ich bislang vergeblich gebastelt habe. Ich habe es ihr ehrlich gedankt. *(3-Stufen-Schalter war nur z.T. defekt, bei Waldemar musste aber zwanghaft alles gänzlich in Ordnung sein.)*

11. Juli: Mal sehen, was der Tag bringt.
Nach dem Frühstück machten Irmgard und Hilde einen schönen Spaziergang zum Oberdorf zur Bank am Hang. Später haben sie die Johannisbeeren leergepflückt.

12. Juli: Gerda ist nach dem Frühstück mit Irmgard und Hilde zum Einkaufen nach Aldi. Wollen mir auch was mitbringen.
Der Einkauf war vielseitig. Zwieback war nicht dabei. *(Waldemars lakonische Art, Vernachlässigung zu konstatieren.)* Ansonsten haben wir Mittag, Nachmittag und Abend davon essen können. Vom Regen haben wir nun genug. Morgen soll es trocken bleiben, sagt der Wettermann.

13. Juli: Mittagessen nur für mich, denn die Frauen fahren um vier Uhr zum Pickert-Essen zur „Schönen Aussicht". Es soll was Besonderes sein. *(Anm.: Waldemar wollte nie mitkommen, er mochte nicht im Restaurant essen, wenn es keine Salzkartoffeln gab.)* Ich mache jetzt Mittagsruhe oder Schönheitsschlaf.
Eine Fliege ließ es nicht zu.
Vom Pickert-Essen kommen die drei aber ziemlich hungrig wieder. Für heute ist es genug.

14. Juli: Gerda hat Hilde in die Vergangenheit zum alten Forsthaus gefahren, *(Dort hatte Hilde nach dem Krieg im Haushalt gearbeitet)* sie waren ganz kaputt danach. So verging dieser Freitag.

15. Juli: Heute am Sonnabend war gleich Aufbruchsstimmung. Hilde brachte ihre Sachen in Ordnung, es gab viel Gelaufe und Einpacken. Als Ortwin und Ulrike zum Abholen kamen, wurde bei Gerda Kaffee und Torte verzehrt und Abschied genommen. Jetzt fehlt hier einer, es ist noch ungewohnt. Abschiedsstimmung, für jeden wird es erstmal anders sein.

16. Juli: Wir haben im Fernsehen manche politischen Versprechungen gehört. Ob die wohl eingehalten werden? Sicherer ist das Stück Fleisch, das ich auf dem Teller hatte. Nachmittags merkten wir, dass wir nun alleine waren, Gerda kam aber nachsehen, ob alles okay wäre.

17. Juli: Als ich aufstand und ins Wohnzimmer kam, war die Sonne schon da. Der Kater aber auch – er lag auf dem Sofa. Der Frühstückstisch ist fertig, nun kann der Tageslauf beginnen. *Abends:* Bis Mittag konnten wir unterm Fliederbaum sitzen. Nach dem Mittagsschlaf waren wir am runden Tisch und als Gerda kam, passierte es, dass Irmgard samt Stuhl umkippte und allein nicht aufstehen konnte. Mit vereinten Kräften (auch mit meiner Kraft) halfen wir auf. Das war ja ein Schreck zur Abendstunde! Aber auch sichtbarer Engelschutz.

19. Juli: Das Unwetter ist hier nicht so schlimm geworden wie anderswo. Das Frühstück wird uns wohl noch schmecken und wie es weitergeht, werden wir sehen. Zur Teezeit gab es verschiedene Gespräche, dann machte sich jeder sein Abendbrot. So bis heute!

21. Juli: Ein Tag ist mir verloren gegangen. Schwester Ute kam heute spät, sie hatte mehr Arbeit, weil eine Kraft ausfiel. Ich glaube es ihr gern. Irmgard ist in der Waschküche, ich werde die Spülmaschine leermachen.

22. Juli: Wie ich aufstand und in die Küche kam, verlangte der Kater dringend sein Futter. Später haben auch wir ausgiebig gefrühstückt.

24. Juli: Von Montag, heute, weiß ich nichts Besonderes zu berichten. Es wäre ja Duschtag, aber es ist keine Schwester gekommen. *(Tatsächlich ist es erst Sonntag der 23.)*

23. Juli: Wie es heute, Sonntag, wird, weiß ich noch nicht. Ich habe die Tage verwechselt. Das Alter. Der Tag ist im sonntäglichen Frieden verlaufen. Irmgard brachte mir viele Grüße der Geschwister aus der Gemeinde mit. Der Tag wurde mit Gebet beendet.

25. Juli: … Nach der Mittagsruhe habe ich bzw. Gerda im Internet oder wie das heißt, das Wort „Stünsken" gesucht und auch gefunden. Es wurde früher genau zu dem Zweck benutzt, wie wir es früher machten. Stünsken *(eine Art Scheffel)* wurde in Bad Meinberg auch in der Moorküche gebraucht.

26. Juli: … Es gab zu Mittag Linsensuppe. War prima und so viel, dass ich 5 Portionen einfrieren konnte. Ist ein schöner Vorrat. Auch das ist gemacht und alles steht dort, wo es sein soll.

27. Juli: Für Irmgard wurde ihre Arbeits-Lese-Ecke eingerichtet. Gerda muss noch alles in Gang bringen. Sonst gab es nichts Besonderes.

28. Juli: Ich bekam eine neue Pflegerin, die vor langer Zeit schon mal als Haushaltshilfe für Irmgard da war. Ich musste ihr alles sagen, wie es sein sollte und so wurden wir ja noch mit allem fertig. Montag soll Tatjana wiederkommen. Sonst gab es nichts Besonderes, außer Blaubeeren-Pfannkuchen. Gute Nacht. Ich habe aber doch noch spätgestückt. *(In Abgrenzung zu Frühstück)*

29. Juli: Heute Morgen musste ich erstmal den Dreck wegmachen, den der Kater gemacht hatte. Irmgard hat ihn zu früh gefüttert. Für mich war es viel Arbeit. Dann waren nur noch Kleinigkeiten zu machen. Peter ist gestern Abend noch gekommen, muss morgen aber schon wieder weg. Gerda und Peter haben beim REWE die Batterien gefunden, die zu unseren Horchern *(Hörgeräten)* passen. Das spart Wege in die Stadt.

30 Juli: Heute Morgen war die Übertragung des Gottesdienstes aus Detmold. Der Tenor war die Hilfsbereitschaft und teilen können, aber daraus keine Aufhebens zu machen, damit die Leute das merken. Peter musste heute noch nach Hause und suchte bestimmte Teile für einen Schrank. Er fand sie dann auch. Glück? *(Waldemars Ordnungsstandards im gemeinsamen Werkzeugkeller sind speziell)* Heut Nachmittag war noch manches einzufrieren, ist jetzt auch fertig. Nun ist Feierabend.

31. Juli: Wir sind mit Duschen dran. Die Pflegerin ist eben angekommen und hat Irmgard vom Frühstückstisch weggeholt. Irmgard will anschließend waschen und draußen trocknen. Die Wäsche wurde trocken. Heute war auch viel mit den Urenkeln zu besprechen, denn morgen wollen sie gleich so früh wie möglich mit Gerda zu Peter fahren.

August 2017

02. August: Um 10 Uhr ging ich hoch zu Gerda, die mit mir zur Untersuchung *von* Hals und Rachen usw. fuhr. Rachel kam zur Hilfe mit, wofür ich ihr sehr dankbar war und bin. Es war 13 Uhr, als wir nach Hause fahren konnten. Anschließend fuhren sie nach Peter zu Besuch. Nach der Mittagspause war ich noch kaputt. Irmgard auch. Was das alles *(die MRT-Untersuchungen)* gebracht hat, erfahren wir erst in 10 bis 14 Tagen. Für heute reicht es mir.

03. August: Was Vormittag war, habe ich vergessen. Heut schmerzt mir der Rachen. Ich habe noch etwas in der Küche gemacht – war nicht nötig. Für heute Schluss.

04. August: Schwester Gudrun kam früher als erwartet. So können wir auch früher frühstücken und den Tag beginnen. Melanie kam sehen, ob es uns gut geht, was auch stimmt. Zu Mittag gab es Gulasch vom eingelegten Bauchfleisch, was uns gut schmeckte. Unser Mittag war aber erst Nachmittag gegen fünf Uhr. Wir können es uns ja machen, wie wir wollen. Irmgard hat mit Hilde am Telefon gesprochen und vorhin hat sich Familie M. abgemeldet, sie fährt morgen früh nach Holland. Für heute: Gute Nacht.

05. August: Es ist eine schlimme Schneckenplage. Wegen dem Regen kann man draußen nichts machen. Unsere Pflegerin Ute will am Montag wieder ihren Dienst beginnen. Auch Irmgards Haushilfe ist wieder da. Morgen erwarten wir Gerda mit den Kindern. Dann ist unsere Familie wieder komplett. Nun Gute Nacht.

06. August: Im Katechismus und in alten Heften unserer Kirchenhistorie gelesen. Sollten das eigentlich öfter machen. Heute Abend kamen Gerda und die Kinder von Peter zurück. Der Kater hörte Scheich *(den Hund Jay)* und war sofort verschwunden. Nun fängt das Aufpassen wieder an. *(Unklar, ob Hund, Kater oder Tochter gemeint ist)*

07. August: … Irmgard wusch Sachen und nutzte das gute Wetter zum Trocknen auf der Leine. Ich war nicht richtig zu gebrauchen, denn der HNO-Arzt war für heute anberaumt und ich wusste nicht, was das bringt.

09. August: Nun ist auch das überstanden und es ist alles in Ordnung. Alles Röntgen hat nichts ergeben. Gerda war auch noch Einkaufen, denn am 10.08. bin ich 99 Jahre alt. Dafür steht mir noch manches bevor. Für heute „Gute Nacht", bin müde.

12. August: *(Rückblick auf den Geburtstag)* Was bis hier geschehen ist, kann ich im Einzelnen nicht mehr sagen. Am Anfang kam unser Evangelist und Priester Paul P. Wir feierten Heiliges Abendmahl. Dann kam einer nach dem anderen. Dieter kam und Thorsten, und nun sind noch Edith K. und Kurt P. angesagt. Das Telefon war oft am Klingeln. Es kamen noch Anrufe, die ich nicht behalten habe. Gerda habe ich gebeten, im Internet meinen Dank für alles zu veranlassen. (Ich weiß den Ausdruck nicht).

13. August: Es kamen noch mehr Grüße, ich weiß aber nicht mehr, von wem.

14. August: Schwester Ute gratulierte und sagte, sie hätte mein Geschenk vergessen.

15. August: Gerda und Irmgard wollen den falschen Rasierer gegen einen richtigen umtauschen. *(Waldemar hatte erst nach vier Tagen verraten, dass sein Geburtstagsgeschenk ein Fehlkauf war)* Gerda hat mir einen guten Braun-Rasierer mitgebracht. Danke Gerda.

16. August: Fußpflege

17. August: Regen und trübes Wetter, weiß nichts mehr.

18. August: Ute hat mir die versprochene Flasche Traubensaft doch noch gebracht. Der Rasierer gefällt mir gut. Heute kam ein Paket für mich, ich weiß nicht, was ich damit machen soll. Na, mal sehen. Jetzt habe ich einen beleuchteten Schminkspiegel.

20. August: Es wird ein Segenstag für uns, eine Telefonübertragung aus Bad Lippspringe. Was nachmittags war, weiß ich nicht mehr. Kurt P. hat sich erkundigt, ob die Übertragung gut war, was wir bestätigten.

21. August: 16 Uhr beim Arzt wegen meiner Rückenschmerzen. Bekam Lyrica als Medizin zum Versuch. Auch Novalgin war vorgeschlagen, will ich aber nicht. Mal sehen, was nun, oder überhaupt, hilft.

22. August: Bis jetzt spüre ich nichts. Will weiter hoffen.

23. August: Lyrica hat noch nicht geholfen, warte weiter. Nach langem Kompensieren *(?)* will ich bis morgen warten.

24. August: Lyrica hat nichts gebracht. Ich bleib nun weiter bei Gabapantin und lass den Rücken wehtun. Schwester Ute bedauert mich und weiß sonst nichts zu sagen. *(Es ging um das Problem, sowohl neuropathische als auch skelettbedingte Schmerzen zu lindern)*

25. August: Heute war ein arbeitsreicher Tag. Für uns und Gerda wurden die Lebens- und Tierfuttermittel für 14 Tage geliefert. Da war großes Einräumen mit verbunden. Nun ist aber alles an seinem Platz.

26. August: Heute ist ein sonniger, trockener Tag, an dem wir viel draußen sitzen konnten. Gerda hatte Besuch und war eingespannt.

27. August: Ich habe aus der Bibel vorgelesen und wir haben erfahren, dass wir manche Dinge vergessen hatten und uns erfreute es, dass wir uns gegenseitig an manches erinnert haben.

29. August: Eigentlich ist es wie gestern, wir können viel draußen sitzen und trinken. Zu Mittag gab es Kartoffelbrei und Bratwürstchen. Nach Wunsch Buttermilch.

30. August: Heut hat Schwester Ute es wahr gemacht und mir den Bart geschnitten. Bei dem Licht im Badezimmer ganz gut. Gerda brauchte im Sonnenlicht nur noch verbessern. Am Abend ist der erste Regen gefallen. Es können aber noch schlimme Gewitter kommen. Dieses für heute. Gute Nacht.

31. August: … Sonst ist nichts zu berichten, als dass der Eintopf prima war.

September 2017

01. September: Es wurde nicht über 16 Grad warm. Irmgard hatte nach dem Frühstück einen Arbeitsdrang und steckte mich an, so dass wir die Südterrasse von Brombeerranken, Efeu und anderem Grün freimachten. Nun haben wir dort mehr freien Ausblick und auch noch echte Pfefferminze gefunden. Jetzt ist alles an Ort und Stelle. So sage ich nun: „Gute Nacht".

02. September: Peter ist gestern Abend noch gekommen. Heute haben er und Irmgard mit Machete und Astschere im Gebüsch gewütet. Es hat Luft gegeben. Nachmittags waren er und Gerda nach Philipp zum Grillen eingeladen, das Wetter hielt sich ja bis spätabends. Irmgard kann morgen mit Maria zum Gottesdienst mitfahren.

03. September: Es war ein schöner, friedlicher Sonntag. Nach einiger Zeit Presseclub Gucken machten wir uns jeder nach seinem Geschmack das Mittagessen. Bei meinem wandte sich Gerda ab, mit Grausen! Jetzt abends ist Rede-Duell zwischen Merkel und Martin Schulz. Ich mag nichts mehr hören.

04. September: … Nach dem Tee kam der morgige Tag zur Sprache. Ich soll mitkommen zum Essen ins Restaurant, was ich nicht kann. Warum, mag ich nicht schildern.

05. September: Es war ein voller Tag. Nach dem Frühstück kam Dieter mit Siggi und Maik an *(Sohn, Tochter und Schwiegersohn)* Nach dem Begrüßen wollten ja alle Essen gehen. Gerda sollte ein Lokal ausgucken und stellte fest, dass in ganz Lippe nur ein Hotel in Externsteine-Holzhausen montags mittags auf hat. Detmold Stadt kam wegen der Parkplätze nicht in Frage. So ist heute der Tag vergangen.

06. September: Gerda hat für mich bei ihrem Zahnarzt einen Termin bekommen. *(Barrierefreier Zugang)* Der machte einen Abdruck für Unterfütterung, aber ob das was bringt, kann er nicht sagen. So muss ich mich jetzt mit Haferflockenbrei ernähren. Ist nicht schön. Ich hatte keinen Mittagsschlaf und bin müde.

07. September: Nach dem Mittagsschlaf fuhr Gerda mich zum Zahnarzt, die unterfütterte Prothese holen. Sie drückt jetzt an anderen Stellen. Das ist nicht dem Zahnarzt seine Schuld. Mein Unterkiefer ist zu flach geworden, das ist altersbedingt. Mal sehen, wie ich das ändere. *(Zum Entsetzen seiner Zahnärzte und Familie schliff Waldemar in Eigenregie so lange an seiner Prothese herum, bis sie überhaupt nicht mehr hielt).*

08. September: Schwester Ute weiß nur, dass sie noch am Montag kommt. Das Weitere ist unbestimmt, weil im Dienstplan manches geändert wird. Mit meiner geänderten Prothese klappt es noch nicht, da muss ich noch viel schleifen.

09. September: Was gestern war, weiß ich nicht mehr. Ich habe immer noch Schmerzen mit der Prothese. Das Essen ist eine Qual.

10. September: Sonntag. Heute ist der Tag, auf den wir alle gewartet haben. Jeder muss sich selber die Frage stellen, ob er und sein Haus dem Herrn *(Gott)* dienen wollen. Das gibt Fragen genug.

11. September: Schwester Ute kam etwas später wegen viel Arbeit. Auch Beate (Haushaltshilfe) kam schon. Irmgard hatte aber alles schön geregelt, ich brauchte nur immer umzuziehen, damit ich nicht im Wege war. Mittags war aber alles wieder an seinem Platz. Es gab Fisch, der mir sehr trocken war. Ich habe viel an meiner Prothese geschliffen, sie passt immer noch nicht, das Essen schmerzt.

12. September: Das Wetter war nur zum Schlafen gut, das Frühstück konnte ich nur so hin mümmeln. Zu Mittag machte mir Irmgard Milchkartoffeln und Rührei. Ich habe die Prothese noch nachgeschliffen, aber das hat auch nichts geholfen. Ich weiß nicht mehr, was ich machen soll.

13. September: … Wo ich einen Zahnarzt finde, weiß ich nicht….

14. September: Der Tag scheint mir wie ein böser Traum. Gerda hat beim Zahnarzt im Ort gleich einen Termin bekommen und dann nahm das Verhängnis seinen Lauf. Es waren dann gleich zwei Ärztinnen, die mir erklärten, ich muss eine ganz neue Prothese haben. *(Im Weiteren klagt Waldemar über anstehende Kosten)*

15. September: Ute machte ihre Arbeit gut und schnell, sie bekommt immer noch mehr Arbeit. Gerda hat für mich viel zu erledigen. Ich freue mich, dass sie es noch immer macht, wo sie doch auch gerne Urlaub machen möchte. Ich habe Irmgard Bohnen schnippeln geholfen. Leider konnte ich keine essen, wo sie doch so gut schmeckten. Heut Nachmittag hat Irmgard von der Urenkelin Unterricht am Lesegerät bekommen. Nun muss sie das Gelernte für sich oft wiederholen. Ich bin froh, dass ich dazu zu dumm bin. „Gute Nacht".

16. September: Morgens schlechte Laune, müde und auch körperlich nicht fit. Mit der Post kam von der Krankenkasse Nachricht über den Anteil der Prothesenkosten. Die Belehrung, dass ich nichts an der Prothese machen darf, war besonders unterstrichen. Rachel hat Irmgard an der Sprechmaschine und am Radio Unterricht gegeben. Ich habe im Schuppen aufgeräumt, um Platz für Gartenmöbel zu haben. Den runden Tisch habe ich zerlegt und in die Heizung gebracht und hörte, dass dies verkehrt ist. Montag werde ich ihn wieder aufbauen, Gerda muss ihn aber rausbringen.

17. September: Heute war für mich ein Segenstag. Kurt P. kam mit Irmgard nachhause und feierte mit mir das Heilige Abendmahl. Der Tag kam mir wie ein Traum vor. Nun ist es Abend geworden und wir wollen uns bald zur Ruhe begeben.

18. September: Bin bei „Hart aber Fair" eingeschlafen und will morgen noch versuchen, was zu schreiben.

19. September: Habe von gestern nichts mehr behalten. Heute ist es wechselnd bewölkt und schauert. So ist auch mein Befinden. Morgen kommt die Probe mit meinen neuen Zähnen. Ich bin, ich weiß nicht, wie hin und hergerissen, ob sie passt. Hoffentlich kann ich heute Nacht schlafen.

20. September: Ute kam so spät, dass es nur für eine schlanke Waschung reichte, denn ich musste zum Zahnarzt. Ich dachte, mein schlechtes Kauen wäre zu Ende. Ist es aber nicht. Mindestens zwei Sitzungen wären noch nötig. Morgen werde ich wieder Brotpudding kochen. Nun soll schönes Wetter werden. Dann käme ja mal etwas Positives.

21. September: Heute war Ausschlafen angesagt. Ich wurde aber wach, wie immer. In der Küche war der Kater schon da und wartete auf sein Futter. Ich konnte schon manches für den Tagesablauf machen. Heute ist auch der letzte Tag vom Sommer. Morgen beginnt der sonnige Herbst, er soll ja wirklich schön warm werden. Sonst ist nichts Neues zu berichten, außer dass der

Scheich *(Hund)* sehr traurig ist, denn er hat gesehen, dass Gerda ihren Reise-koffer packt. Er soll die Tage oben bei Familie M. verbringen.

22. September: Herbstanfang. Schwester Ute kam spät, es war nicht ihre Schuld. Trotzdem haben Irmgard und ich viel geschafft. Zwetschgenkuchen gebacken, Königsberger Klopse nach eigenem Geschmack gekocht, Mittag gegessen – etwas. Geschlafen, vom Telefon geweckt und Tea-Time gehalten. Alles Geba-ckene und Gekochte eingepackt und eingefroren. Nun ist endgültig Feier-abend.

23. September: Heute hatten wir keine fremden Leute im Haus, Frau M. hat uns wohl besucht, aber Irmgard hat sie bald hinausgebracht. Heute Abend hören wir Konzert von Andre Rieu.

24. September: Heute ist ja Wahltag. Bei allen alten Parteien ist die Empörung groß, dass die AfD als neue Partei so viele Stimmen bekam. Die größten Ver-luste hat die SPD. Wie die neue Regierung aussehen wird, ist noch nicht zu sagen. Die Merkel wird wohl weiter das Sagen haben, genau wie es der eng-lische Vertreter am Anfang erklärte: „Merkel klaut die Ideen von der SPD und steckt sie sich an den Hut als ihre Arbeit." Ich mag von dem ganzen Spektakel nichts mehr hören.

26. September: Gerda ist heute gutgelaunt, aber erkältet aus Schweden zurück. Der Scheich konnte sich vor Freude nicht einholen. Bei viel Appetit gab es heute Abend frisches Mett. Ab morgen geht es normal weiter. Ich muss zum Zahnarzt.

28. September: Heute war Zahnärztin-Tag. Das letzte Anpassen war schnell ge-macht. Nächsten Mittwoch soll ich meine neue Prothese bekommen, dann kann ich normal kauen. Ich hab auch viel nachzuholen. Sonst gibt es nichts Besonderes, außer dass Gerda sehr erkältet ist. Ich mach jetzt Feierabend. „Gute Nacht".

29. September: Ich mag nichts schreiben. Die halbe Nacht nicht geschlafen we-gen Husten, musste aufstehen und Tropfen nehmen. War kaputt, als Schwester Ute kam, habe im Sessel gedöst. Jetzt brauche ich große Tücher zum Nase-putzen. Abendbrot schmeckte mir nicht.

Oktober 2017

01. Oktober: Sonntag. Es waren heute so viele herrliche Augenblicke, die ich so schnell nicht wiedergeben kann. Ich muss es erst selbst verarbeiten …

02. Oktober: Duschen fiel heute für mich aus, ich bin zu sehr erkältet. Habe den Tag über viel Saft und Pulver geschluckt. …

03. Oktober: Bin kaputt vom vielen Husten. Ob diese Säfte und Tropfen nicht mehr helfen? Ob endlich diese Essenswürgerei aufhört, wenn ich morgen meine neue Prothese eingepasst bekomme? Bin hin und her gerissen. Es ist zum Weinen. … *(Bis zum 12. Oktober tägliche Zahnarztbesuche und Klagen über Schmerzen beim Kauen.)*

12. Oktober: Heute Morgen wie üblich die Frage, ob ich genug getrunken hätte. Kam keine richtige Entscheidung. Mittags gab es Kartoffelsuppe. Mittagsruhe gekürzt, weil Termin bei Dr. Willer. Der stellte fest, dass ich bis auf das Alter sehr gesund bin. Die Medizin, die er verschrieb, ist nur Alibi, dass ich beim Arzt war. Freude habe ich, dass Gerda mein altes Gebiss wiedergefunden und mir gegeben hat. Zu Abend habe ich es gebraucht und fast normal essen können.

14. Oktober: Nach dem Frühstück die fällige Geburtstagsfahrt gemacht. Es war für mich anstrengend. Ich wusste oft nicht, wo ich war. Auf einem gesperrten Weg wurde ich *(im Auto mit Radio!)* abgestellt und Gerda und Irmgard sammelten Pilze. Morgen Mittag gibt es reichlich Pilze mit Reis. Zuhause bei Rewe wurde noch gutes Futter eingekauft. Ich habe eben gegessen.

15. Oktober: Irmgard konnte mit Maria zum Gottesdienst fahren, anschließend war ein Branches *(Brunch)* und für mich alle Grüße und morgen Nachmittag kommen Kurt P. und Edith K. noch mit Blumen zu meinem Geburtstag. Heute Abend habe ich nach langer Zeit Weißbrot und Schinken mit den Zähnen gegessen. Wie es morgen wohl wird?

17. September: Heute Morgen verspätet aufgestanden. Wie in alten Zeiten stand der Kater da und musste zuerst versorgt werden. Dann kam Rachel, ging aber nach der Begrüßung nach oben. Das Verhältnis zwischen Kater und Scheich *(Hund)* ist wie immer. Wie es mit der Zahnprothese mit der Plastikmasse sein wird? Mal sehen, wann Gerda Zeit hat, mit mir zur Zahnärztin zu fahren. Für heute: „Gute Nacht!"

18. September: Ich weiß nicht, was ich schreiben soll, bin kaputt und müde. Gerda und Irmgard haben einen neuen Handstaubsauger gekauft, mir aber keine Taschenlampenbirne mitgebracht. *(Er hat eine neue Taschenlampe bekommen, einzelne Birnen gab es nicht.)*

19. September: Ich bin im Sessel wieder eingeschlafen, bis mich Rachel wieder weckte und sagte, dass sie nach oben gehe. Sonst wüsste ich nichts mehr.

20. September: Heute Morgen bin ich nach dem ersten Aufstehen wieder eingeschlafen und von Schwester Gudrun aus dem Bett geholt werden. Heute Abend vielleicht noch die heute Show ansehen.

22. September: … Später haben wir uns den Presseclub angehört und erlebt, dass die Parteien einig sind darin, dass sie nicht einig sind und nicht wissen, wie es mit Regieren werden soll.

26. September: … mit Irmgard viel über die Entschlafenen und den Gottesdienst, der kommt, unterhalten.

27. September: … Nachmittags war Tea-Time und anschließend gute Gespräche über unseren Glauben und das Jenseits.

28. September: Gerda ist mit den Mädchen zu Peter gefahren. Wir haben noch keine Nachricht, wie sie angekommen sind. Sonst ist alles wie immer, aber wir haben mehr Licht an.

29. September: Der Sturm war hier nicht so schlimm wie anderswo. Siggi hat angerufen, um zu hören, wie es hier ist. Mittags brachte Melanie einen Beutel Pickert. Ich konnte 2 Portionen einfrieren. Außer Irmgard und mir ist keiner im Haus. Es ist alles verriegelt und erleuchtet.

30. September: Melanie kam früh und wir haben über vieles gesprochen. Nach dem Tee habe ich Irmgard aus dem Katechismus vorgelesen. Melanie hat auch Kuchen mitgebracht.

31. September: Heute ist Reformationstag. Da waren alle Fernsehkanäle voll besetzt mit Luther. Martin Luther hat den Ablasshandel des Papstes angeprangert und verurteilt. Der Papst hat diese Geldquelle sehr vermisst und Luther in Worms in die Reichsacht getan. Wie dadurch die Buchdruckkunst und die Schule entstanden, ist Geschichte. Dass dadurch Lesen und Schreiben für alle möglich war, ist für die katholische Kirche heute noch nicht gut.

November 2017

01. November: Nun ist es November. Heute brachte uns Melanie einen drei Kilo großen Eimer mit Grünkohl mit Würstchen. Es wurde noch für viele Mahlzeiten eingefroren. Wir lernten auch die Frau kennen, die den prima Kuchen/Stuten gebacken hat. Nach dem Teetrinken haben wir blaue Stunde gemacht.

02. November: Nach dem Morgenkaffee den Vögeln an der Meisenkugel zugesehen. Nachmittags hörten wir den Scheich bellen und dann kam Gerda wohlbehalten an. Große Freude bei allen. Der Kater hatte das noch eher gemerkt und machte sich davon. Nun ist wieder Ruhe und morgen kommt auch Schwester Ute wieder. So geht alles wieder, wie es soll.

04. November: Heute früh kam Irmgard zu mir und fragte, ob ich nicht wüsste, dass heute Sonntag sei. Sie war einen Tag zu früh dran.

05. November: Den heutigen Feiertag kann ich nicht so schnell vergessen und mit meinen Worten erklären. Der Gottesdienst *(Telefonübertragung)* war uns so schnell vorbei, dass es nicht zu sagen ist. Nach der Mittagsruhe zur blauen Stunde war er immer noch gegenwärtig. Für heute „Gute Nacht". Ich kann nicht mehr.

06. November: Ute erzählt, dass heute Morgen die Scheiben geschabt werden mussten.

07. November: Ich weiß nur, dass ich lange wach war wegen Hart aber Fair, aber dabei geschlafen habe.

08. November: Heute Morgen holte mich Schwester Ute aus dem Bett. Nach dem Frühstück weiß ich nicht mehr. Dann wurden Getränke geliefert. Gerda war inzwischen etwas Einkaufen und so hatten wir Mett. Dann kam der große Einkauf für uns angeliefert. Alles wurde eingeräumt. Nun ist alles, wo es hingehört. Eben habe ich meine süßen Nudeln gegessen und so ist der Tag für mich zu Ende. „Gute Nacht."

09. November: Heute bin ich früh aufgestanden und wollte zwischen Zwetschgen- und Pflaumenbaum die Lichterkette ausrollen. Musste mich aber wieder hinlegen und von Irmgard pflegen lassen *(Sturz!)* Mittags konnte ich schon besser stehen. Jetzt will ich mit Irmgard noch etwas im Sessel sitzen.

11. November: Eigentlich nichts Besonderes. Weil es regnete, konnte ich nichts tun. Zu Mittag hatte ich Bratkartoffeln mit losem Ei. Lange vor dem Fernseher gesessen.

12. November: Sonntag. Hatte keine Lust, Irmgard vorzulesen, dafür schöne Lieder aus den Männerchören gehört. Gerda kam dazu und zeigte Irmgard, wie die einzelnen Lieder zu wiederholen sind. Ist wunderschön. Dieter kam, sich bis Mitte Dezember zu verabschieden. Fliegt Dienstag nach Siggi in die USA.

13. November: Heute war Duschtag und ebenso kam die neue Haushilfe. Es war ein richtiges Durcheinander. Nach der Mittagsruhe war es ruhiger. Abends kam ein vermisstes Paket an. Nun kommt nur noch Hart aber Fair.

14. November: Einen Horcher *(Hörgerät)* habe ich verkehrt ins Reinigungsbad gelegt. Hat er übel genommen. Aber wer viel arbeitet, macht viele Fehler. Das Abendbrot hat mir trotzdem geschmeckt.

16. November: Vormittag war nichts Besonderes. Am Nachmittag erwarteten wir Kurt P. und feierten das Heilige Abendmahl und haben uns gut unterhalten. Das war ja auch sehr schön. Jetzt bin ich sehr müde.

19. November: Irmgard war mit Christa zum Gottesdienst. Ich bin mit meinen Gedanken eingeschlafen. Wenn ich nicht richtig was zu tun habe, schlafe ich ein, weil ich immer müde bin. Heute Mittag gab es Hahnenbeine und der Kater und Scheich hatten mit Knochen viel zu tun. Ich habe gerade Blutwurst gegessen, da sind keine Knochen bei.

21. November: Heute ist ein voller Arbeitstag zu Ende. Irmgard und ich waren zuerst beim Frisör, dann bei Rewe. Ich habe bei einem trockenen Brötchen zu viel Wasser drin gelassen und zu schnell Frikadellen-Teig gemacht. Daraus ist etwas entstanden, was nicht zu beschreiben ist. Gerda meint, wenn es nicht so versalzen wäre, könnte es Stippgrütze sein. Mal sehen, was uns morgen dazu einfällt.

22. November: Schwester Ute hat mich beim Kaffeetrinken unterbrochen und beim Eincremen wieder gemeckert, weil ich an den Armen die Haut aufgerieben habe. Morgen gibt es selbstgemachten Kartoffelsalat von Irmgard. Der ist nur zu empfehlen.

23. November: Gerda hat am Zwetschgenbaum die Weihnachtsbeleuchtung angebracht. Ich bin müde.

24. November: Schwester Ute erzählte, dass sie der Regen fast weggeschwemmt hätte. Nächste Woche kommt sie nicht, sondern Schwester Andrea. Die wäre so alt wie sie, sähe aber viel älter aus. (Dann will ich mich bloß mal so halten, wie ich bin!)

25. November: … Ich erhielt Anweisung, den Schinkenspeck portionsweise einzufrieren, womit ich eben fertig geworden bin. Und geschafft.

26. November: Sonntag. Heute hatten wir Übertragung unseres lieben Stammapostels. Darüber zu berichten, ist für mich noch zu früh. Irmgard und ich haben uns umarmt und wünschten, wir möchten, dass die Liebe immer bliebe. Ich kann nichts mehr schreiben.

27. November: Heute war Badetag und durch die „Waschstraße". Die neue Hilfe war nicht so mein Fall und Irmgard ging es wohl ebenso. Andrea wusste ja nicht, wie wir es gewohnt waren.

28. November: Heute waren keine fremden Leute in der Wohnung. Dafür kam Irmgard, ehe ich Kaffee fertig hatte. Draußen ist es böig und kalt. Irmgard hat einen neuen Pullover bekommen. Der Kater wurde gegen Würmer geimpft. Er hat es überstanden.

29. November: Schwester Andrea klingelte, weil sie den Schlüssel vergessen hatte. So war dann auch ihre Hilfe, mussten ihr alles sagen. Na, ist überstanden. Morgen kommt eine Erika, die noch nie hier war. Bin neugierig! Ich habe alle Reste Käse gegessen, die ich fand.

Dezember 2017

01. Dezember: Gleich morgens gute Laune: Schwester Ute ist wieder da. Was soll ich viel sagen, da war der Tag bis zur blauen Stunde so, wie es sein sollte. Ab Sonntag ist Adventszeit. Als praktische Arbeit habe ich den Handstaubsauger fertig gemacht. Bin nun müde.

02. Dezember: Habe heute den ganzen Tag rumgeklüngelt, nur den Handstaubsauger aufgeladen. Nun hören wir Advents- und Weihnachtslieder. Irmgard hat das „befohlen".

03. Dezember: Wir konnten nicht zum Gottesdienst. Ich fühlte mich auch nicht zum Vorlesen aus der Offenbarung bereit. Da muss ich genug Licht und Ruhe haben. Gerda hat uns noch eine Vorrichtung angebracht, damit wir Leute, die oben an der Haustür stehen, sehen und sprechen können, oder auch nicht. Sie muss mir das noch genau verklickern. *(Es gibt Haustüren auf 2 Ebenen)*

04. Dezember: Heut waren keine fremden Leute im Haus, ich konnte mir wieder unsere Vögel *(draußen)* ansehen. Zu Mittag gab es die letzten guten Kartoffeln aus Melanies Garten als Pellmänner mit Sülze.

06. Dezember: Heute ist auch Nikolaus-Tag. Wir hatten Besuch von den beiden Mädchen der Mieter. Gut, dass Irmgard damit sprechen konnte. Ich bin wirklich „alt". Zum Abendbrot musste ich mir erst welchen kochen, ich meine Kaffee. So, nun habe ich genug durcheinander geschrieben.

07. Dezember: Melanie brachte die besten Sachen mit und räumte gleich alles ein. Saugte durch, brachte noch Weihnachts-Deko an und vieles mehr. Unterhielt sich mit ihrer Oma aufs Beste und in einem Tempo, was ich nicht mithalten kann.

09. Dezember: Es hat geschneit, viel. Die Amseln und Drosseln haben es schwer, ihr täglich Korn zu finden. Gerda hängt und streut Futter, so viel es geht. Nachmittags zur Teezeit brachte Gerda Punsch und wir lachten über alte Begebenheiten. Morgen gibt es Glühwein.

10. Dezember: Es hat die Nacht viel geschneit. Sieht ja schön aus, aber die Vögel haben Not, ihr täglich Korn zu finden. Gerda hat viel Futter rausgebracht. Geschneit hat es den ganzen Tag. Wir sind noch gut davon abgekommen, laut Nachrichten ist anderswo der ganze Verkehr zum Stillstand gekommen. Diese Nacht soll es noch schneien. Wir brauchen nirgends hin.

12. Dezember: Irmgard rüstete sich für die Senioren-Weihnachtsfeier. Ich hatte mir zu Mittag 4 Eier gekocht, die mir nicht gefielen, weil sie sich schwer pellen ließen. Gerda nahm mir eins ab, das letzte hat Irmgard abends verbraucht. Ich habe mich an die geräucherte Blutwurst gemacht und so richtig reingebissen. Eigentlich sollte ich sie einfrieren, aber weil noch mehr eingefroren werden muss, werde ich das morgen machen.

13. Dezember: Schwester Ute kam etwas früh pünktlich. Dafür waren wir auch früher fertig. Wir hatten auch viel Segen in Aussicht. Heut Nachmittag kamen unser Vorsteher und Kurt P., um mit uns und Gerda das Heilige Abendmahl zu feiern. Ist das keine Segensstunde? Ich kann diesen Tag nicht anders beschließen, als den Segen zu behalten.

14. Dezember: Sind spät aufgestanden. Der Postbote brachte ein Päckchen für den Mieter. Gerda kam mit Scheich auf dem Arm runter und sagte, er sei wohl krank. Er war lahm und wollte nichts essen. Jetzt am Abend war Gerda mit ihm beim Tierarzt und morgen muss sie nochmal hin. So war von mittags und bis abends Aufregung.

15. Dezember: Ich konnte in Ruhe meinen Kaffee trinken und zusehen, wie unsere Vögel so nach und nach zum Futter kamen. Aber auch da gibt es Kämpfe. Zum Tee kam Gerda und hat uns noch Einkäufe gebracht. Der Scheich bekommt noch eine Spritze und ist dann hoffentlich wieder gesund. Ich bin es nach dem Abendbrot auch.

16. Dezember: Die gute Nachricht zuerst. Peter ist gekommen. Hat meine Uhr ohne viel Umstände fertig gemacht. Peter kommt, kuckt, und alles ist wieder heil. Er hat mit Gerda schon meinen Rollstuhl ins Auto gebracht und fährt mich morgen Nachmittag zur Weihnachtsfeier zur Kirche. Wird für mich anstrengend. Dafür noch viel beten.

17. Dezember: … Fertig gemacht zur Weihnachtsfeier. In der Kirche stand ich hinten an einem Platz, der für mich frei gemacht war. Es war alles schön fertig gemacht. Nach kurzem Gottesdienst begann die Weihnachtsfeier. Ich konnte nicht alles mitmachen und Peter brachte mich nach Hause. Ich bin müde und mache Feierabend.

19. Dezember: Ich wollte meinen Kaffee in Ruhe trinken, als es schellte und unsere Fußpflegerin kam. Also wurden unsere Hufe beschnitten. Dann wurde wieder geschellt und Irmgard musste ein „Päckchen" annehmen nach freundlichem Befragen der verwandtschaftlichen Beziehungen. Dann wurde das „Päckchen", groß wie ein Schrank, auf die halbe Treppe gewuchtet. Was drin war, sage ich morgen.

20. Dezember: Schwester Gudrun hat mich aus dem Bett geschmissen. … Heut Nachmittag ging es mir schlecht, weil ich so einen Flupp aus dem Magen bekam. Irmgard holte mich aber aus dem Bett, weil wir schönen Besuch von Erika und Gunther hatten. Wir holten viele Ereignisse aus schönen Stunden der Vergangenheit hervor. So, für heute Ende. Ich bin müde.

21. Dezember: Heute ist Winteranfang und die Tage werden wieder länger. … Zu Mittag gab es die allerletzten Königsberger Klopse. Ich habe den Teig gemacht und Irmgard die gute Soße.

22. Dezember: … Ich konnte die Vögel im Garten beobachten, was sehr schön ist. Mittag habe ich zu viel gegessen und mir war nicht wohl im Bauch. Gegen Abend kamen Gerda und Peter mit Eierpunsch. Es war schön. Nun muss man es abklingen lassen.

23. Dezember: Heute war für mich ein arbeitsreicher Tag. Irmgard machte ein aufwändiges Mittagessen. Dann hatten sich verschiedene verwandtschaftliche Besucher angemeldet. Ich habe die vielen Namen schon vergessen. Nun ist endlich Ruhe geworden. Mal sehen, wie es morgen wird.

24. Dezember: Heilig Abend waren wir bei Gerda und Peter. Haben Geschenke ausgetauscht. Ich hatte zu viel Alkohol getrunken, was mich beschämte. *(Unnötig, war nicht aufgefallen)*

25. Dezember: Wir hatten Telefonübertragung. Nachmittags bei Gerda mit Peter unsere Geschenke noch mal begutachtet und ausprobiert. *(Alexa-Kommunikationssystem)* Peter hat die Apparate oder was sie sind, vorgeführt und erklärt, aber mal sehen, ob Irmgard die richtigen Kommandos geben kann.

26. Dezember: Heute noch mal Proben mit dem neuen Sprechautomaten gemacht. Wir müssen uns daran gewöhnen, Kommandos zu geben. Na, wir haben ja Zeit genug. *(Nicht erwähnt wird das große Familientreffen und -Essen an diesem Tag)*

27. Dezember: … Nach dem Tee kamen Peter und Gerda runter und es kam zu Diskussionen wegen meinem Essen. Es kam zum Ergebnis, dass ich genug esse, nur zu anderen Zeiten als Irmgard. *(In den letzten Wochen reduzierte Waldemar sein Essen, stritt das jedoch ab, dennoch wollte die Tochter ihn nicht über Gebühr zwingen.)*

29. Dezember: Bis Samstag – 01.01.18 Sylvester gefeiert und Peter hat Zwetschgenbaum in Form gebracht. Sonst ist nicht viel zu sagen. „Gute Nacht." *(Am 31.12. war Waldemar in ungewöhnlich guter Verfassung bei der kleinen Silvesterfeier bis nach 24 Uhr.)*

Januar 2018

02. Januar: Heute Morgen kam die Haushilfe unangemeldet, es ging etwas lebhaft zu. Von oben kam Frau M. mit der älteren Tochter, um Glück zu wünschen. Nun wird wohl bald der normale Tagesablauf wieder kommen. Sonst ist nichts Besonderes.

03. Januar: … Heut Nachmittag will Nico mit den Kindern kommen zum Abschied nehmen *(Die Enkelin aus den USA war mit ihren Kindern über die Feiertage in Deutschland)*. Irmgard hatte Apfelpfannkuchen versprochen und gebacken. Es war dann später ein rührendes Abschiednehmen. Für Irmgard und mich auch. Zu meinem 100. Geburtstag wollen sie wiederkommen.

04. Januar: … Ich musste mithelfen bei einem Essen, das ich nicht beschreiben kann. Es gab Kohl, Fleisch in Soße und komische flutschige Nudeln, oder was es sein sollte. Ich musste davon essen. Scheich hat mir dabei geholfen, ohne was zu sagen. Dafür bekam er auch eine große Portion Milch. So, ich habe eben was Richtiges gegessen und mache nun Feierabend.

05. Januar: … Nach der Teezeit haben wir uns unterhalten und dann hat Irmgard sich mit unserer ALEXIKA unterhalten.

06. Januar: Heute bin ich gründlich verschlafen. Gerda kam mit Scheich oder umgekehrt und Gerda hat doch noch eingekauft. Ich habe viel probiert und bin satt.

07. Januar: Sonntag. Heute hatten wir einen großen Segenstag. Ich kann noch nicht alles verarbeiten. Es kam auch noch dies Profane, Natürliche so dazu geschlichen. *(Vermutlich körperliche Signale während der Gottesdienstübertragung)* Soweit es ging, haben wir es abgehalten. Nun suche ich, vorhin ist auch Gerda noch dazu gekommen, nach meiner neuen, nicht passenden Zahnprothese. Sie muss ja irgendwo sein. Aber wo? Für heute genug Aufregung.

09. Januar: Eigentlich sollte es ein ruhiger Tag werden. Doch nach dem Frühstück kamen zwei Leute und montierten neue Wärmemesser. …

10. Januar: … Nach dem Kaffee kochen bin ich im Sessel noch mal eingeschlafen und so war unser Frühstück erst mittags. Gerda brachte nun noch andere Befehle und Titel für Alexa mit. So wird von Alexa alles Mögliche verlangt, mir wird es schon zu viel.

11. Januar: … Weil mir etwas schwindelig wurde, gab es ein langes Palaver, was ich verkehrt mache, als Gerda und der Scheich runterkamen. Wenn ich morgens allein bin, warte ich, bis es besser wird.

12. Januar: Ich bin noch aufgeregt und kann kaum schreiben. Ich habe heute Mittag meine sehr gesuchte Prothese gefunden und eben damit gegessen. Es tut noch etwas weh, aber ist auszuhalten.

14. Januar: … Wir besprachen manches, was oft nur gewohnheitsmäßig gesagt wird. Am Nachmittag kam lieber Besuch, es war Rachel, die fixe Rednerin/Missionarin. Wir wünschen ihr weiter viel Erfolg. Wir beten für alle unsere Nachkommen/Nachfolger. Für heute ist es genug berichtet.

15. Januar: ... Beate hat den Küchenschrank wieder fein gemacht. Jetzt ist der Zucker süßer... Nach der Teezeit hat uns Alexa eine Geschichte über Drachen und andere Erdgeister erzählt. Ich hab nicht alles verstanden, denn ich kam später dazu.

17. Januar: ... Wegen Orkanböen wird amtlich gewarnt. Wir warten auf unsere Weise *(Gebete)*. Gute Nacht.

18. Januar: Heute Vormittag drehte sich alles um den Orkan. Der hat auch viel Unheil in der Umgebung angerichtet. Unser Garten ist glimpflich davon gekommen. Wie hoch der Schaden ist, lässt sich noch nicht übersehen. Die Bilder, die im Fernseher gezeigt werden, sind grausig. Mehr möchte ich heute nicht berichten. „Gute Nacht".

20. Januar: Ich habe den Tag erwachen erlebt. Nach dem Frühstück, das spät wurde, wurde über manches gesprochen. Der Kater hat das Fernsehen eingeschaltet. Ja, der Kater ist intelligent!

21. Januar: Sonntag. Nach dem Frühstück habe ich aus dem Katechismus zu Ende gelesen und wir haben darüber gesprochen, das Glaubensbekenntnis und die Gebote noch einmal ins Gedächtnis *(zu)* holen. Vergleich 1932 ich, und Irmgard aus ihrer Zeit später gesprochen. Nun leben wir heute und warten auf das tägliche Kommen Jesu.

22. Januar: Heute war ein turbulenter Tag, es ist unser 74. Hochzeitstag. Gerda hat einen herzlichen Glückwunsch auf eine Bildkarte geschrieben.

24. Januar: Irmgard ist krank. Es ist die Niere und Blase. Was die Urinuntersuchung ergeben hat, weiß ich nicht. Es ist Mittwoch, wir haben zu spät beim Arzt angerufen. Die Juckerei auf meiner Brust ist auszuhalten, ich behandele die Haut jetzt nur noch mit eigenem Urin.

25. Januar: zwei Tage sind mir entgangen. Ich weiß nicht, wie das kam. Nun geht wohl alles wieder richtig. *(Hier irrt Waldemar sich, es fehlen keine Einträge, nur die Tagesdaten waren falsch)*

26. Januar: Leider kommt Schwester Ute am nächsten Montag nicht mehr. Heute war viel Betrieb. Wir bekamen elektrische Auf- und Abzüge für die

Rollläden. Nach der Mittagsruhe habe ich Irmgard einige Blätter aus dem Kalender vorgelesen. Jetzt habe ich neue Wurst probiert und bin satt.

27. Januar: Ich bin spät aufgestanden. Der Kater schrie und klopfte ans Fenster. Er bekam sein Futter und legte sich auf Irmgards Stuhl in der Küche. Zum Frühstück setzte Irmgard sich doch wirklich auf den runden Hocker *(statt auf ihren Stuhl)*. So erziehen sich die Tiere ihre Menschen. Ich habe gegessen, denn Gerda war mit dem Scheich raus und auch bei Rewe, sorgte für genug Blutwurst. „Gute Nacht"

28. Januar: Kurt P. rief an, dass er erst nachmittags kommen würde. So feierten wir nachmittags Abendmahl. Die Zeit ist ja nicht wichtig. Mit Irmgard haben wir in der „Blauen Stunde" darüber gesprochen.

30. Januar: … Gerda kam mit Scheich dazu und es war schön. Scheich wusste auch, dass ich immer etwas für ihn habe. Also bekam er auch, wofür er mich so treu ansah. Tiere betrügen einen nicht.

31. Januar: … Irmgard hat mir nicht viel Zeit zum richtigen Wachwerden gelassen. Dafür konnte ich auch bald Mittagsruhe halten. Morgen bringt Melanie uns zum Arzt zur Blutentnahme und Besprechung. Ich möchte wissen, wie ich das Jucken wegbekomme.

Februar 2018

02. Februar: Heut Vormittag hat Melanie uns zum Arzttermin gebracht. Wir sollten Blut abgeben. Dann wurde noch EKG gemacht und mehrfach Blutdruck gemessen mit immer anderen Ergebnissen. Trotz allem soll ich 115 und Irmgard 118 Jahre alt werden. Ja, was soll man dazu sagen. Irmgard hat jedem eine Flasche Bier spendiert.

03. Februar: Nach dem Frühstück haben wir uns über manches unterhalten bis Gerda runterkam und unsere Rechnung für den Stromverbrauch brachte. Das haben wir besprochen und erledigt. Dann besprachen wir die morgige Telefonübertragung. „Gute Nacht."

04. Februar: Den heutigen Sonntag nur annähernd zu beschreiben, ist mir nicht möglich. Mit Irmgard haben wir das Textwort im Römerbrief noch besprochen und gesehen, wie genau wir unser Tun bedenken müssen und doch immer die Gnade brauchen. Ich möchte für heute Schluss machen. „Gute Nacht."

05. Februar: Duschen und Haushaltshilfe.

06. Februar: Viel Arbeit mit Einfrieren.

07. Februar: Den Tag mit Reden und Fragen erlebt. Neue Verpflegung, Säfte und Wasser bekommen. Irmgards Vorlesegerät abgebaut und in Schubfach gelegt. *(Durch Alexa ersetzt worden)* Für heute genug getan.

08. Februar: … Post von unserer Kirchenleitung NRW bekommen und erledigt. Unsere Finanzministerin Irmgard hat wohl noch etwas zu erledigen.

09. Februar: Meine Pflegerin kam sehr spät. Ich habe ihren Namen erfragt aber auch schon vergessen. … Wenn wir irgendwie Rauchenden bekommen. Frischfleisch ist genug da, Wurst auch.

10. Februar: Heute kann ich nichts berichten.

11. Februar: Ich kann nicht mehr schreiben. Irmgard wurde von Christa zum Gottesdienst mitgenommen.

12. Februar: Badetag ist ein unruhiger Tag. Bin froh, dass er zu Ende ist. Peter ist wieder nach Hause gefahren. Nachmittag kam Melanie mit den Mädchen und putzten im Tempo Irmgards Kristall im Wohnzimmerschrank. Ich hatte noch einiges zu tun und habe nun Feierabend. Bin auch müde. Wann bekomme ich wohl einen ordentlichen Kugelschreiber?

13. Februar: Es ist schwer, sich dem unsinnigen Treiben auszuschließen. *(Karneval?)* Morgen ist hoffentlich Schluss. Morgen kommt auch meine Pflegerin, dann habe ich auch einen guten Tagesanfang.

14. Februar: Mit Pflegerin Anke begann heute der sonnenreichste Tag. Es war auch sehr schön. Ich hatte die Gelegenheit, die Sonne aus dem Morgendunst rauskommen zu sehen. Ab morgen soll bei Regen, Schnee und Eisregen das Fahren für Autofahrer sehr gefährlich sein. Nun Gute Nacht!

15. Februar: Irmgard hat das Frühstück gemacht, denn sie hatte den Eiertag eingeführt. Nachmittags kam Gerda noch mit Mett zum Abendbrot. Irmgard spendete mir eine halbe Flasche Einbecker Bier. Die habe ich eben ausgetrunken.

16. Februar: Pflegerin Anke musste mich heute aus dem Bett holen. Das ist für beide nichts Besonderes. … Mal sehen, was wird. Bin müde. „Gute Nacht."

Nachsatz:

Nach diesem letzten Eintrag kam es zu einem schnellen Verfall durch Erbrechen bei gleichzeitiger Grippeerkrankung. Waldemar konnte das Bett kaum noch verlassen. In der Nacht zum 21. stürzte er, wollte danach nur noch in Ruhe liegen und nichts essen oder trinken. Ins Krankenhaus wollte er keinesfalls. Zu Irmgards Geburtstag am 27. Februar reagierte er nur noch schwach. Um 22.20 Uhr am Abend des 28. Februar schlief er für immer ein.

Zuletzt

Es kostet Kraft,

wenn ein Leben verlöscht

und letzte Stärke, das Ende anzunehmen.

Der Blick wird klein,

wenn er nach innen sich kehrt.

Was er sieht, können wir ahnen, aber nicht wissen.

Die Gebliebenen müssen Trauer ertragen,

aushalten, dass der Gefährte fehlt

und sein Echo auf unsere Liebe.

Hat Ihnen das Buch gefallen? Dann würde sich die Autorin über eine Rezension bei einem der Online-Anbieter sehr freuen.

Zur Autorin

Gerda Greschke-Begemann wurde im westfälischen Detmold am Teutoburger Wald geboren. Sie studierte Landespflege, Pädagogik, Soziologie und Publizistik. Sie heiratete früh und begleitete mit den beiden Kindern viele Jahre ihren Ehemann zu seinen Arbeitsorten in unterschiedlichste Länder. Reisen und Neues zu erleben war und ist immer noch ihre große Leidenschaft, obwohl sie nun wieder in der alten Heimatstadt sesshaft geworden ist und ihre Mutter pflegt. Sie schreibt Geschichten, Gedichte und Romane. Weitere Informationen zu dieser Autorin finden Sie hier:

Bei Amazon: auf der Autorenseite Gerda Greschke-Begemann
Bei Facebook: Gerda Greschke-Begemann Autorin

Bisherige Veröffentlichungen:

Du sollst nicht schreiben! Mord unter Schriftstellern (Krimi)

Lucius – Die Bürde der Prophezeiung (Fantasy)

Die Liebe der Trollprinzessin (Märchen-Novelle)

Kein roter Faden – weil das Leben bunt und unfair ist (Geschichten und Gedichte)

Keine Angst vor Industrie 4.0 – Digitalisierung als Chance für humane Arbeit (Sachbuch)

Warum funktioniert der Computer wieder nicht? (Satirischer Ratgeber)

Neue Liebe pünktlich zum Fest (romantische Novelle, E-Book)

Wenn Wellness nicht gut tut (Kurzkrimi, E-Book)

Mord bei Kurs Nord (amüsante Detektivgeschichte, E-Book)

Untold Stories, Lebenserinnerungen aus dem zweiten Weltkrieg, Hrsg. Moritz Hoffmann (Anthologie-Beitrag)

Weihnachten zart-herb (Geschichten und Gedichte)